影像青少版
世界新经典动物小说馆

海洋卫士亨特 1

狂鲨私语

【美】艾伦·普拉格 著

应超敏 译

浙江摄影出版社

全国百佳图书出版单位

To Chinese's Readers

Greetings to you the reader, especially all my new young Chinese readers. I am so grateful that you have chosen to join me for some underwater fun and adventure.

I love the ocean and marine life. In fact, I studied in school to become an ocean scientist. As a scientist, I have studied coral reefsaround the globe.I have gone scuba diving and snorkeling with sharks, sea turtles, and sea lions in the world-famous Galapagos Islands and even lived underwater for two weeks in the world's only operating undersea laboratory.

I have had so much fun and learned so much as an ocean scientist, I wanted to share my love of the sea and desire to protect it with others, particularly readers your age. Because you are incredibly important to the future of the ocean and marine life. And so, I began writing the Tristan Hunt and the Sea Guardians series with The Shark Whisperer.

Many of the events in the books, even some of the funny things that happen, are based on what I've seen in the ocean or things that have happened to me. In each book, I'll take you to someplace amazing; where the wonders of the ocean can be explored. Of course, since the books are fiction, I also made up a few things, including my villains and the ability of the characters to understand what sharks and other marine creatures are thinking (something I really wish I could do).

The wonderful response from readers has been an incredible gift and inspires me each and every day.

I hope you enjoy the books, laugh, get excited, and learn. And that you too will become a Tristan Hunt fan, a lover of science, sea creatures, and a protector of the ocean.

致中国小读者的信

读者们，特别是年轻的中国读者们，我向你们致意。

我非常感谢你选择加入我的水下冒险。我爱海洋和海洋生物。事实上，我在学校学习就是为了成为一名海洋科学家。作为一名科学家，我研究过世界各地的珊瑚礁。我曾在世界著名的加拉帕戈斯群岛与鲨鱼、海龟和海狮一起潜水和浮潜，甚至在世界上唯一的水下实验室过了两周水下生活，我从中获得了很多乐趣和经验。

我想和你们分享我对海洋的热爱和保护它的愿望，特别是你，因为你对海洋和海洋生物的未来非常重要。于是，我开始创作"海洋卫士亨特"系列。书中的许多事件，都是基于我在海洋中看到的或发生在我身上的事情。

在每一本书中，我都将带你去一个令人惊奇的地方，在那里可以探索海洋的奇观。当然，因为这些故事都是虚构的，我也编了一些东西，包括故事里的坏蛋和孩子们能够理解鲨鱼和其他海洋生物在想什么的能力（我真的希望我能做到）。

我非常希望得到来自你的回应，这将是一份令人难以置信的礼物，并且每一天都会激励着我。我希望你喜欢这些故事，和故事中的孩子们一起欢笑，感到兴奋，也学到知识。希望你能成为一个特里斯坦迷、科学爱好者、海洋生物爱好者和海洋的保卫者。

2018年12月

特里斯坦闭上眼睛，不想看到鲨鱼张开嘴、露出獠牙、把自己吃下去的场景。

　　鹦嘴鱼生活在热带地区，它们啮咬礁石上的海藻作为食物，同时排出大量粪便形成沉淀物。它们的融合牙长得很像鹦鹉的嘴，所以它们就有了"鹦嘴鱼"这个名字。

海月水母在水中漂浮时，圆圆的伞体一缩一放，使自身运动，看起来优雅美丽，但如果不小心碰触到它们，却会有致命的危险。

　　圣诞树蠕虫拥有色彩丰富的漂亮羽毛。这些羽毛用来被动捕食在水中的悬浮颗粒和浮游生物,也用于呼吸。它们喜欢钻到钙质珊瑚中,一感知到危险,就会躲进孔洞中。

　　水塘中央有一个碧草如茵的小岛,一群粉橙色火烈鸟在岛上漫步,夺人眼球。

目　录

2

1. 跌进鲨鱼池

人群突然变得异常安静，每个人都死死地盯着下面的水池。这是他们有生以来经历过的最大的噩梦。只要一想到水里瞪得老大的邪恶眼睛、汩汩流淌的鲜血以及上百颗锋利的牙齿，即便是人群里最勇敢的围观者也会吓得屁滚尿流。

"一个小男孩掉进去了！"一位年轻的母亲一边大叫，一边用手遮住自己女儿的双眼。"快打911！快做点什么！他会被生吞的！"

此前，小女孩一直很平静，听到母亲的叫喊后，她也不知道哪儿来的力气，一下子从母亲的双手中挣脱出来——尽管她的母亲把她拽得紧紧的——她一边挥舞双手，一边尖叫着从鲨鱼池边跑开，径直冲向蜂拥而来的人群。不知情的人们在好奇心的驱使下，潮水般涌向水族馆里的鲨鱼池。骚乱引起了水族馆里海鸥们的注意，大

约五十只海鸥朝鲨鱼池边聚集过来，高声尖叫着，向底下猛掷鸟粪炸弹。人群中的骚乱进一步升级了。

"特里斯坦！特里斯坦！"男孩的父亲惊慌地叫着。他把手臂挤进鲨鱼池四周的栏杆里，脸紧贴在金属栏杆上，压得都变了形，但他竭力伸出去的手依旧无法够到他那十二岁的儿子。

男孩的母亲用一种怪异的表情，出奇平静地看着眼前这一幕。她平常总是说个不停，她的嘴就像尼亚加拉大瀑布一般，没有片刻的停歇。显然，此刻她受了惊吓，她的大脑和身体，特别是她的嘴，已经被吓得不听使唤了。

"鲨鱼群，它们游过来了！"一个男子指着在水面上快速移动的巨大背鳍喊道——那些背鳍径直朝男孩游去。

一开始，特里斯坦并不清楚到底发生了什么，也不知道自己身处何地。为了更好地观察鲨鱼，他特意趴到栏杆上，可刚靠上去，下一秒就发现自己掉进了水里。实际上，置身水中的感觉相当不错。他身旁溅起的清新、凉爽的水花，替他驱散了南佛罗里达州的闷热。紧接着，特里斯坦立刻意识到了自己在哪里。他想起来，在这个水池里，除了自己，还有别的生物。这可不是他们的社区游泳池。他游向身旁的混凝土墙，但这面墙既光滑又平坦——没有梯子，也没有台阶，没有任何可供攀爬的东西。就在此时，第一个背鳍出现在他面前。

特里斯坦长得又高又瘦，他四肢的生长速度让身体其他部位望

尘莫及。他会被任何低矮的障碍物绊倒，甚至是他自己的脚。在学校里，他总是被同学们取笑。哪怕在家，他也躲不开姐姐的无情嘲讽。他姐姐总是叫他"身材瘦长的绿巨人"或者"爱摔鬼特里斯坦"，但今天绝对是特里斯坦摔跤史上最辉煌的一次，他居然摔进了一个鲨鱼池。

特里斯坦看过很多影片和电视节目，他知道一条鲨鱼轻而易举就能把他撕碎。何况在他掉下来之前，看到水池里至少有五条鲨鱼。两个打着耳洞的年轻文身男子完全沉浸在一种病态心理中。其中一个凑到另一个耳边，窃笑道："他肯定活不了了。"

一个二十二岁的水族馆工作人员飞快地冲向鲨鱼池，把一根长杆子伸进水里。"孩子，"他喊道，"快抓住杆子！加油，抓住，握紧！"只不过这个小伙子一看就是四肢发达、头脑简单。

特里斯坦一边划水，一边看着那根杆子，确切地说，是看着那根杆子底端锋利的鱼钩。他心想，这个人是白痴吗？我又不是鱼。怎么可能抓得住那个钩子。哪怕抓住了，也一定会流血。鲨鱼和血，哼，难道血不是吸引鲨鱼的最佳诱饵吗？

这时候，有东西从特里斯坦身后撞了他一下，把他猛地往前推。特里斯坦快速转身，看见一条鲨鱼从他身边游过，尾巴以 S 形摆动着。然后他看到另外两条鲨鱼也朝自己游来，它们的背鳍悄无声息地刺破水面。和鲨鱼相比，那根杆子是个好得多的选择，哪怕杆子底端有一个能把人刺伤的钩子。特里斯坦伸出手去够杆子，他

尽量伸长手臂，可就差了那么几英寸。只要够到杆子，他就能被拉出水面，避免被鲨鱼吃掉。

就在特里斯坦抓住杆子之前，又有一条鲨鱼从他背后撞过来，把他往前推了一下。他转过身，看到那条鲨鱼转了个圈游了回去，然后又朝他游过来。特里斯坦铆足劲拼命地往后划。鲨鱼迅速向他靠近。他闭上眼睛，不想看到鲨鱼张开嘴、露出獠牙、把自己吃下去的场景。鲨鱼的口鼻碰到了特里斯坦的胃，特里斯坦心想，真希望自己像妈妈前几天晚上做的那盆炖花椰菜一样难吃。

可鲨鱼做了一件出人意料的事。它并没有撕咬特里斯坦的身体，而更像是在用嘴巴蹭他。他现在就像是一条小狗，抬着头，直着身子，坐在后腿上，期待得到主人的抚摸。特里斯坦睁开了双眼。鲨鱼正蜷着身子，靠在他身边。特里斯坦没有犹豫，伸手摸了摸它，仿佛这才是自己该做的事。特里斯坦尽量避开鲨鱼的嘴，在它的脑袋后面轻轻地抚摸了一下。作为对特里斯坦的回应，鲨鱼开心地摇着尾巴游走了。特里斯坦看了看自己的手，幸好还在。他又看了看自己的肚子——上面一个鲨鱼齿印都没有。

此刻，在鲨鱼池上方看热闹的人们正上蹿下跳。有的人着急地擦去落在他们头顶上的那些臭烘烘的灰绿色的海鸥粪便，有的人用手捂住眼睛。特里斯坦的母亲已经吓晕过去了，他的父亲也急疯了。"不！特里斯坦！"他尖叫着，"儿子，抓住杆子！抓住杆子！"

当第二条鲨鱼朝特里斯坦游过来的时候，特里斯坦把头潜入水

里，在水下看着鲨鱼一点点靠近。鲨鱼在碰到特里斯坦之前，就转身游开了。它那双如玻璃般闪闪发亮的眼睛直直地盯着特里斯坦，但它的眼神里并没有流露出恶意，也不像是饥饿难耐，而像是试图告诉特里斯坦什么。特里斯坦下意识地跟随着鲨鱼摆尾的节奏慢慢划水。很快，他们就并排着一起游了。特里斯坦完全陶醉其中，忘记了自己身处何地，甚至忘记了自己极有可能会成为鲨鱼的美味。

在水池上方观看的人群不明白到底发生了什么。有个人突然嚷道："鲨鱼在追他！"

与此同时，水族馆里的资深员工已经拿着梯子，聚集在鲨鱼池边。他们把梯子放到距离特里斯坦掉进去的地方大约二十码①的位置。一名男员工顺着梯子往下爬。他的脸上饱经风霜，爬满皱纹，长长的手臂上长满肌肉，他往水池中央靠过去。当特里斯坦游过的时候，他一把抓住了特里斯坦的腿。

特里斯坦被吓了一大跳，立刻恐慌起来。他扭动着身体，试图摆脱那个抓着他的东西，还大声叫着："放开我！"但伴着不断搅动的水花，他的叫声更像是在求救，仿佛在说："抓住我！"

那名员工很快把特里斯坦拉出了鲨鱼池。鲨鱼池四周围绕着铁栅栏。在铁栅栏的某处有一扇铰链门，他就这样半拖半抱地把特里

---

① 码：英美制长度单位，1 码＝0.9144 米。

斯坦拉过了铰链门。人群开始疯狂地鼓掌，以示庆贺。甚至连海鸥们都格外愉悦。它们停止了尖叫，安静地落在附近的地面上。特里斯坦的父母向浑身湿淋淋的儿子冲过去。此刻，特里斯坦蓬松的棕色头发已经乱成一团。水顺着他笔直、高耸的鼻梁往下滴。他崭新的蓝色 Polo 衫上有两处被撕裂了，但其余一切正常，仿佛他刚在社区游泳池游完泳。特里斯坦并没有像围观群众预料的那样，号啕大哭或者尖叫着奔向妈妈的怀抱。事实上，他的举动非常怪异，他居然在微笑，他那双绿眼睛格外明亮，闪耀着激动的光芒。

特里斯坦和他的父母不得不在萨拉索塔水族馆花上好几个小时向工作人员解释究竟发生了什么。小男孩只是滑了一跤，跌进了鲨鱼池里。不然还能怎么样？

不一会儿，特里斯坦的父亲就绝望了："我们为什么还在纠结这个问题？只有疯子才会自己跳进鲨鱼池里！我儿子可不是疯子，他的确笨手笨脚，有时候还自以为是，但绝不是疯子。那是个意外。"

水族馆的经理是个六十出头的男子，他身材精瘦，发色泛灰。上身穿着一件白衬衫，领尖钉着纽扣，下身穿着一条卡其裤，他的衣裤都熨烫得十分平整，并且上了厚厚的浆。特里斯坦盯着这个男子，心想他的衣服这么僵硬，不用穿在身上，自个儿就能立住。男子焦虑地用手将了将自己梳得十分整齐的发型，这个动作让有些地方的头发以奇怪的角度竖了起来。他对特里斯坦的父亲说道："我

们水族馆的安全记录一直很完美，从未发生过类似的情况。"

水族馆的经理严厉地看着特里斯坦，继续说道："孩子，你确定不是想游个泳，自己越过栅栏，跳进水池里的吗？"

"哦，天哪！"特里斯坦的父亲说道，"我可没心情把时间浪费在这件事上了，我们要走了。"

特里斯坦一到家，就只想回自己的房间，但是他的母亲现在明显已经缓过神来了。"特里斯坦，你确定不是自己跳下去的，对吗？但是你为什么不抓那根杆子？你可能会因此丧命。那些是鲨鱼。你是怎么掉进去的？你应该更小心才对。你到底为什么不抓那根杆子？"

"妈妈，你看见那根杆子底端有个鱼钩吗？"特里斯坦平静地问道，"被鱼钩弄伤之后，就会出血，然后你知道——鲨鱼和血。"

"但你马上就会被拉起来。你真的不是自己跳进去的，对吗？"

"是的，妈妈，我没有跳进去。"尽管特里斯坦嘴上否认，但在心底连他自己都不确定。他只记得，为了更清楚地观察鲨鱼，他爬到最低的那根栏杆上，然后趴了出去。他棕色的头发蓬松得像拖把一样，有几撮正好盖住了他的眼睛。于是，他用手把头发往后捋了一下。下一秒，他就掉进了水里。这一切发生得实在太快了。他可以肯定的是，自己脚下一滑，但栅栏还是有些高的。可他也不可能自己跳下去，他会吗？

特里斯坦的父亲摇摇头，严厉地盯着儿子。和往常一样，特里斯坦在他的眼神里看到了失望。这次意外只不过再次证明他永远不

可能成为父亲心目中那个儿子——一个运动明星，一个好学生，一个父亲能够引以为傲的儿子。

"特里斯坦，先去洗个澡，换件干衣服，我们晚点再谈。"他对儿子平静地说道。

特里斯坦一边往自己的卧室走去，一边暗暗地想，其实也没什么可谈了。因为他们永远不会相信他的感觉。他觉得，鲨鱼似乎是在邀请自己一起游泳，而在他被拉起来之前，鲨鱼正盯着自己看。特里斯坦认为鲨鱼正在试图告诉自己一些十分重要的东西。但随后他又摇摇头，不，那是鲨鱼，我只是走运，才能逃过一劫。

特里斯坦换上了一条黑色的大短裤，然后趴在卧室地板上，在堆积如山的衣服堆里，寻找他最喜欢的T恤衫。那件T恤衫是红色的，破破烂烂，沿着肩膀上的车缝线，分布着很多小洞。他的母亲很讨厌那件衣服。他在地板上扯出一件又一件的T恤衫，突然产生一种奇怪的感觉：房间里有些古怪，但四周并没有任何异常。手提电脑屏幕上也没有任何奇怪的东西，开着的衣柜门和床底下也没有藏着长着利爪会吃人的独眼妖怪，窗外几只鸟栖息在树枝上也没什么特别。虽然从远处看，它们似乎比平常见到的鸟儿要大一点，就像升级版的麻雀，或者是海鸥吧。接着，特里斯坦瞥见了那个放在书桌边上的小鱼缸。

"哇哦！"

鱼缸的底部铺着沙子，沙子上放着一个"藏宝箱"。一般来说，

那些热带鱼总是在鱼缸里游来游去，要么躲在假水草里，要么穿梭在"藏宝箱"里。但现在它们都聚集在鱼缸的前部，直直地凝视着特里斯坦。特里斯坦大惊失色，被椅子绊了一跤。他爬起来，坐在地板上，往后捋捋时不时遮住眼睛的那几撮头发，然后抬头看着鱼缸。鱼群依旧聚在一起盯着特里斯坦。它们倾斜着身子，角度大得就像正浮在水里做倒立。特里斯坦摇摇头，觉得自己一定是产生了幻觉。可当他站起来走近鱼缸时，鱼群也游向他。当他移到右边，鱼群也游向右边。他往左走一步，鱼群就往左游。鱼群好像真的在注视着他。

"好吧，现在我也晕了。"特里斯坦大声说道，他猜想自己也许得了鲨鱼创伤综合征。也或许他之前撞到了头，得了脑震荡。他听说脑震荡会让人神志不清，也许是让人产生幻觉。对他来说，是关于海洋生物的奇怪幻觉。

鱼群游到鱼缸右下角的角落里，盯着放在桌子边缘的一本小册子看。这本小册子下午刚寄到，介绍了佛罗里达群岛的一个夏令营项目。特里斯坦拿起小册子，看到封面上有一个标志：一条鲨鱼蜷在一道波浪下。

晚饭的香味飘进了特里斯坦的卧室。他的肚子已经咕咕作响，不过他真心希望晚饭不要吃鱼。他抓起那本小册子，朝房门走去。出去之前，他回头看了一眼鱼缸。所有的鱼和往常一样在鱼缸里游来游去，仿佛他根本不在那儿一样。

2. 丛林墙内

两个星期后，特里斯坦出发去佛罗里达群岛海洋公园参加夏令营。母亲把特里斯坦跌入鲨鱼池当作一场意外。意外发生后，特里斯坦就对与鲨鱼有关的一切事物都十分痴迷。他的姐姐——十六岁的苏珊娜则认为，这已不是痴迷，明显是被鲨鱼附体了。在苏珊娜心里，海洋是一个黑暗、邪恶的无底深渊。里面的生物喜爱杀戮，会吃人，或者把人折磨得生不如死。现在她还相信，鲨鱼能控制人的心智，至少是控制了她那个傻瓜弟弟。

特里斯坦层出不穷的问题都快把他爸妈逼疯了。世界上一共有多少条鲨鱼？它们生活在哪里？所有鱼类的思维方式都差不多吗？鲨鱼知道我们在想什么吗？特里斯坦的电脑也成了他了解鲨鱼的主要工具。他用谷歌、微软和雅虎等搜索引擎查找任何与鲨鱼相关的

信息，比如鲨鱼的历史、种类、生活习性和所吃的食物。母亲还带他去社区书店，购买了关于鲨鱼和海洋的书籍。为了能够更全面地了解，他们甚至又去了一次水族馆。不过水族馆的工作人员不允许特里斯坦靠近鲨鱼池，还全程跟着他，就像在蒂芙尼珠宝店里，保安们死死盯着一个珠宝大盗一样。但特里斯坦已经到了走火入魔的地步，任何东西都无法浇灭他了解鲨鱼的欲望。爸爸妈妈决定让他去参加以海洋和海洋生物为主题的夏令营，特里斯坦简直求之不得。

父母把出门的行李全部装进了旅行袋和背包里。一开始，苏珊娜不愿意合作，经过多番劝说，才终于上了汽车。就这样，他们一家人出发去了佛罗里达群岛。他们一路往南，穿过广袤的佛罗里达大沼泽，一路上靠细数生活在高速公路边河道里的短吻鳄为乐。然后，他们来到了一片茂密、绿色的红树林。红树的树根很长，弯弯曲曲，略带橙色，从高处悬挂下来，伸入水中。特里斯坦觉得那些树根好似巨大的吸管，那浑浊、宽广的浅海湾则像是一碗豌豆汤。特里斯坦和他的家人们在红树林里看到了苍鹭、白鹭，还有粉红琵鹭。琵鹭这种鸟儿十分独特，非常美丽。它们长着粉色的羽毛、粉色的腿和长长的灰色匙形鸟喙，给人留下深刻的印象。特里斯坦一家继续前行，有时候他们车下的道路会变得异常狭窄，往左一步是海洋，往右一步就是佛罗里达海湾。

开了大约六个小时之后，他们终于在傍晚时分抵达克兰奇岛。

这个岛大约四英里长三英里宽。岛上唯一的建筑便是佛罗里达群岛海洋公园。走到公园入口处时，特里斯坦的父母目瞪口呆，连苏珊娜也关掉了她的 iPod。

特里斯坦凝视着前方，感叹道："太棒了！"

夏令营就在佛罗里达群岛海洋公园里。这个海洋公园既是一座水公园，又是一个植物园，还是一个水族馆。公园门口有一条白泥墙拱廊，搭配着环保的深绿色竹子和深色的硬木横梁，非常漂亮。拱廊里种满了叶子花属植物，一片花团锦簇。紫色和粉色的花朵悬挂在枝头，仿佛圣诞节五彩缤纷的花环。拱廊前是一个喷泉，喷泉的中心立着一座亮闪闪的绿石雕像，三条海豚腾空而起。每隔几分钟，海豚的喷水孔里就会有水柱升起。穿过拱廊往里走，特里斯坦他们看到了蜿蜒的小溪、蓝色的浅水池以及隐没在茂密的热带花园里的小径。有些人正沿着歪歪斜斜的台阶往一座塔上爬去，然后从塔上跃进曲折的水滑道或者在塔顶乘坐索道，穿越整个公园。

突然，特里斯坦听到了尖叫声。但这次并不是由鲨鱼引起的恐慌，而是孩子和家长们玩得太开心了。他们的叫喊声中夹杂着大笑。在园区办公室，工作人员给亨特一家发了一个包裹，以示对特里斯坦的欢迎，并且为他们指明了去海滨小屋的路。海滨小屋就是夏令营为孩子们提供的宿舍。

特里斯坦的妈妈一边走，一边念信息表上的内容："欢迎来到海洋夏令营。您的住所位于海鞘小屋。请您整理完行李之后，到海

螺咖啡厅集合，我们将在那儿为您介绍夏令营的基本情况。然后……"

苏珊娜凑到特里斯坦身边："会变成一只海鞘，太可爱了！"

"好极了！"特里斯坦回答道。他正陶醉在周围的美景中，根本无暇顾及姐姐的挖苦，何况类似的挖苦，特里斯坦早就习以为常。

他们右手边蜿蜒流淌着一条如水晶般清澈的宽阔小溪，有人坐在汽车内胎上，从溪上漂过。在他们的左手边，有一条小瀑布和一个水池，水池四周盛开着巨大的红色芙蓉花。水池连着公园里其他蜿蜒的小溪。特里斯坦一家看到，两个小女孩从他们眼前漂过，她们正在清澈的溪水里潜泳。

"我摸到了！"一个女孩指着一条小小的金色鳐鱼，欢快地喊道。这条软绵绵的鳐鱼刚巧游过小女孩身边，它的胸鳍优雅地舞动着。然后它游到了瀑布下面，欢快地向特里斯坦和他的家人们游去。可不一会儿，它就被一群亮黄色的鱼吸引走了。

"真希望我也能到水里玩。"特里斯坦说道。

"恶心！谁会想去这条河里游泳，也许水里全是细菌，更别提里面还有那些会咬人、蜇人的东西。"苏珊娜说道。

"你是妒忌吧！"特里斯坦回答道。

"你绝对是个大傻蛋。"

"好了，孩子们，我确定这条河很安全。"他们的母亲犹豫地说道。她望望丈夫，希望得到一些心理安慰。自从鲨鱼池意外发生以

来，特里斯坦的母亲每天紧盯着儿子，一刻都不敢放松。但对于特里斯坦来说，她的监管已经有些过分了。就在前天，特里斯坦还问她，是打算拿根绳子把自己拴起来，还是打算在自己的皮肤里植入追踪芯片（装在宠物身上那种）？可怕的是，他的母亲似乎更偏向于采纳第二个建议。

他们又稍微往前走了一点，那里竖着一块木头指示牌，指示牌上用七色箭头标出了不同的方向。最上面的三个箭头分别指向造浪池、海豚潟湖和鲨鱼巷。下面的四个箭头指向海滨小屋、波塞冬剧院、康复中心和海螺咖啡厅。一家人朝海滨小屋走去。特里斯坦凝视着通往鲨鱼巷的路，陷入了沉思。

亨特一家沿着游步道，走到了一堵高高的绿墙前，一个手持写字板的女孩儿正站在那里。她和特里斯坦的姐姐一般大。她的头发宛如金色的阳光，她把头发随意拢起，在脑后扎了个马尾辫。她的身材非常匀称，上身穿着一件水蓝色的背心，下身配着一条水蓝色的短裤，背心和短裤上都有鲨鱼和波浪的标志。

"你们好，我叫洁德。欢迎来到夏令营。"她热情地说道。她说话的时候，脑后的马尾辫不停地晃动着。

"你好，小姑娘。这是我们的儿子，特里斯坦。"特里斯坦的妈妈一边回答，一边拍拍特里斯坦的脑袋，顺便把盖在特里斯坦脸上的头发往后捋了捋，"他刚入营。"

特里斯坦尴尬极了，恨不得找个地洞钻下去。

"好的，我知道了。"洁德低头看了看写字板，情绪高昂地说道，"你一定是特里斯坦·亨特。"

"是的。"特里斯坦嘟囔道。他弓下身子，故意不让母亲摸到他的头。

"好的。营员们的小屋离丛林墙不远。我们会帮你整理房间的。"

"好的，谢谢。"特里斯坦的母亲说道，"我们帮他把行李拿进去就走。"

"哦，不用了。我可以帮特里斯坦，你们回家肯定还要开很久。"

"哦，没关系，我们很想帮他。你知道，这毕竟是他第一次参加夏令营。"

"真的没问题的。我们会全程帮助新营员。他在这里，不会有事的。"洁德甜甜地微笑着，向特里斯坦的母亲保证道。

"哎，妈妈，我相信自己能处理好。"特里斯坦一边向父亲投去求助的目光，一边说道。

"艾莉莎，看起来他们会照顾好特里斯坦的。"特里斯坦的父亲说道，但是他的眼睛始终没有离开手机，"今晚哪怕我们只赶一半的路，也要开很久。除此之外，我还得找个有手机信号的地方。我在等办公室的一通重要电话。"

洁德从特里斯坦父亲的手里接过特里斯坦的旅行袋。此刻，特

里斯坦的母亲就像有人要用球拍打她，或者抢走她赖以生存的空气那样惴惴不安。特里斯坦抱了抱自己的母亲。

"说真的，你一个人要小心，随时都可以打电话给我们。如果你愿意的话，每天都可以打电话、发短信或者发邮件给我们。"他的母亲敦促道。

苏珊娜插嘴道："哦，妈妈，他不会有事的，大不了摔断几根骨头而已。"这时候苏珊娜已经把耳塞塞回耳朵里，她的头正跟着外界听不到的某种节奏摇晃着。

"苏珊娜！你怎么能说这样的话？"

"只是开开玩笑，妈妈。天哪，你难道连玩笑都开不起？"

特里斯坦拿起背包，转身跟洁德走了。就在他转身的那一刻，他的一只脚和自己的另一条长腿缠在了一起，特里斯坦尴尬地摔倒在地。不过这样的事发生过太多次了。

他用最快的速度跳起来，同时脱口而出："我没事，没问题的，我没事。"

苏珊娜摇摇头。而特里斯坦的父亲又露出了那种失望的眼神。

"儿子，尽量小心，保持联系。否则我得把你妈绑起来，不然的话，她肯定会开车回来找你。"

"这里的手机信号确实不太好。"洁德插话道，"但我们有电话，他偶尔也可以用。"

"我没事的。我会尽量打电话回家或者发邮件给你们，我

保证。"

特里斯坦的父亲不得不把妻子拉走，或者说是拖进车里。特里斯坦十分确信，当爸爸把妈妈拽回车里的时候，妈妈的鞋底肯定会磨破的。

"再见，乖一点。"特里斯坦的母亲在车里喊道，两眼泪汪汪的。

现在只剩下特里斯坦和洁德两个人，特里斯坦终于有机会仔细地观察洁德了。为了掩饰自己的行为，他故意把身子前倾，让那些几乎长到鼻子的头发能盖住自己的脸。即便这样，他还是满脸通红，像被太阳炙烤过一样。洁德是他见过的最漂亮的姑娘，她步伐矫健，像个运动员，而特里斯坦只有在梦里才会如此轻盈。

"别担心，第一次父母都会这样。"洁德说道，她的脸上挂着一副心照不宣的笑容，这倒是让特里斯坦稍感安慰。

"嗯……"特里斯坦绞尽脑汁，却只挤出了这个字。

"好的。首先你必须学会如何穿越丛林墙。"

"丛林墙？"特里斯坦问道。

"丛林墙会把普通人拦在外面，但能让我们进来。"

"普通人？"

"也就是公园里的游客——大喊大叫的小孩和他们的父母。不过，你千万别误会，我并不是说他们不好。有了他们，夏令营才能运转，我们才能做自己想做的事。因为我们不想让他们到处窥视，

探听我们的秘密。"

"哦，好的。"特里斯坦嘴上这么回答，心里却在揣度洁德到底在指什么。这只是一个以海洋和海洋生物为主题的夏令营。他们可能会要求营员制作愚蠢的艺术品和手工艺品，会组织让特里斯坦望而生畏的跑步比赛，很可能还会有潜水活动，甚至提供油得能从盘子里滑落下来的食物。

特里斯坦往前走了几步，靠近那堵绿色的屏障。他立刻明白了洁德口中的丛林墙到底指的是什么。事实上，这是一片浓密的灌木丛。各种植物盘根交错，弯曲的藤蔓缠绕在一起，围着几棵巨大的树干，蜿蜒生长。粗壮的藤蔓让特里斯坦想起了体操课上他试图攀爬的绳子，有些藤蔓上还长满恼人的刺。而树干则像大象腿一样，又长又光滑。特里斯坦心想，要想穿过这堵墙，非得有个电锯才行，或者干脆去找一台推土机。

"秘诀是你得知道该往哪儿走。如果丛林墙认识你，就会让你通过。"

特里斯坦疑惑地盯着洁德，仿佛此刻她的头上长出了藤蔓。他说："墙，我的意思是丛林墙，怎么可能认识我？"

洁德并没有回答他的问题，而是用手指了指人行道尽头的一个跳棋棋盘。棋盘由又大又平的岩石和草构成。它一直延伸到墙边，最后消失在丛林墙下方。"这些岩石是穿越这堵墙的关键。你只要站对位置，墙便会自动打开，你就能看到进去的路。"

特里斯坦点点头。这个动作似乎意味着他听懂了洁德的话，可实际上他压根没明白。也许是洁德的马尾辫扎得太紧了，损伤了她的智力。

"好，第一块是海龟石。"洁德指着左边的一块奇形怪状的石头说道，"现在你要注意观察，我踩上去之后会发生什么。"

洁德跳上了一块石头。如果特里斯坦把头伸向左边斜着看的话，这块石头确实有些像海龟。

洁德站在石头上，盯着那面植物墙看："今天好像开得有点慢。"

特里斯坦看看洁德脚下的石头，又看了看绿色的丛林墙。洁德的马尾辫肯定扎得太紧了，让她的脑子出了问题，又或者是她在水下待得太久了，海水腐蚀了她的智商。

就在这个时候，丛林墙在特里斯坦的注视下缓缓启动了。墙上的藤蔓开始慢慢蠕动。它们宛如绿色的大蛇，蜿蜒滑行，离开了巨大的树干。原本缠在一起的藤蔓也相互松开了。很快，墙上出现了一个洞，那是通往丛林墙内部的幽暗入口。

"你是怎么做到的？是不是有一个开关？"特里斯坦问道。

洁德从海龟石上下来，走到平地上。藤蔓再次开始移动，只不过这次是向内并拢。它们围绕着巨大的树干，交缠在一起，形成一堵无法穿越的墙。入口随即消失了。

"好了，现在你来试试。"洁德指导道，"只要站在海龟石上等

一会儿就行。"

"如果你这么说的话……"特里斯坦一边说，一边跨到石头上。

跟之前一样，蛇形藤蔓缓缓滑开，墙后出现了通往墙里的路。

这令人毛骨悚然，但又让人觉得很酷。特里斯坦很想弄清楚这堵墙的工作原理。也许在某处装着一个高科技摄像头，具有人像识别功能，而那些藤蔓也只是机器而已。

洁德跳到特里斯坦站着的石头上，然后又跳向另一块石头。这块岩石距离丛林墙又近了大约一英尺。"快，穿过去，跟着我！我踩在哪块石头上，你就踩在哪块石头上。这次是鱼岩石，下一步是鲸鱼石。"

特里斯坦跟在洁德身后，从一块海洋生物石跳到另一块海洋生物石上。洁德跳得很快，步伐稳健，但特里斯坦每一步都跳得格外小心，竭力保持着平衡。丛林墙内散发着幽幽的绿光，相当诡异。特里斯坦的脚只要一从石头上移开，他身后那扇通往茂密丛林的门就会消失。

"现在你必须记好每一块岩石的顺序。曾经有一次，一个新营员记错了，在这里被困了好几个小时，幸亏最后被人发现了。"洁德警告道，但是她的语气依旧很欢快，特里斯坦觉得甚是奇怪。"只要找对海洋生物石就行，千万别踩在草地上或者错误的石头上。"

"如果踩错了，会发生什么？"特里斯坦问道。

"你一定不想听。"

"好极了……"特里斯坦回答道，"听你这么说，我真是倍感安慰。"

"快到了。"洁德继续说道，"一共只有七块岩石，只不过看起来比较复杂而已。我第一次穿越丛林墙的时候，也差点被逼疯。现在就剩下最后一块石头了。它一边呈齿状，另一边呈叉状，我们称它为'大白鲨石'。当你看到它的时候，就证明你能穿过丛林墙了。"

特里斯坦站到大白鲨石上，明亮的日光瞬间取代了丛林的黑暗。他回过头，看到藤蔓最后蠕动了几下，渐渐合拢，变回了那堵长满刺的绿色屏障。

洁德低头瞥了一眼写字板上的信息表说："你住在第一间海滨小屋——海鞘二号房。"

特里斯坦一直想问洁德丛林墙的工作原理，但当他看到眼前的景色时，完全把这个疑问抛到了九霄云外，仿佛他瞬间得了健忘症。一个青绿色的潟湖向远方无限延伸出去，特里斯坦的目光根本无法触及它的边界。湖面波光粼粼，仿佛一块铺满钻石的土地，在午后阳光的照耀下，闪着迷人的光芒。远处有一小块一小块的深蓝色，还有一道白线，那是水面上皱起的微波。一片细腻的白沙滩围绕在潟湖四周，湖边的椰子树纷纷往湖面上探出脑袋，树上挂满果

实。在距离沙滩大约一百英尺①的地方，两个黑色的三角形鱼鳍突然划破水面。很快，它们又沉到水下，从特里斯坦的视野里消失了。

"那些……是鲨鱼吗？"特里斯坦急切地问道。

"不，只是两头鲸鱼。"

话音未落，一头灰色大鲸鱼高高地跃出水面，在空中扭动身体，然后背部落水。鲸鱼落水时，溅起令人难以置信的巨大水花，仿佛有个巨人从高处一跃而下，砸在水面上。

"快过来，你先住下来，还有很多东西等着你呢！"

他们沿着岸边的小道往前走。小道上铺满白色的扁石头，石头里嵌着贝壳和珊瑚。特里斯坦发现，这里没有海洋生物石，也没有会移动的藤蔓。它们不过是一些和化石长得很相似的新奇的石头而已。很快，他们就看到了一排沿海而建的小屋，一共有五栋。每栋都造在离地面十英尺的桩上。

洁德走向第一栋小屋，她欢快地爬上楼梯，走到门口说："快上来！"

特里斯坦跟了上去，但每一步都走得胆战心惊。小屋门口挂着一块木牌，上面写着海鞘。跟公园里的其他建筑一样，这栋小屋也是由白色的泥墙、深色的木梁和竹子组成。

———————————

① 英尺：英制长度单位，1 英尺 = 0.3048 米。

"这里。"洁德在屋子里喊道。

特里斯坦打开一扇粗竹竿做成的门，走进了一间宽敞、透气的房间。房间的天花板很高，由几根房梁支撑着。房间里放着舒适的长沙发和椅子，还有一张长方形的深色木头桌子，几把同色的长凳围绕在桌子四周。但真正让特里斯坦目瞪口呆的是——再一次目瞪口呆——从这里望出去的风景。屋子的整面后墙上都装了落地窗。透过窗户，青绿色的潟湖尽收眼底。特里斯坦本以为会住在破旧的木屋或者帐篷里。这绝对和他以前听说过的任何夏令营都不同。这时，特里斯坦听到右边隔壁的房间里传来了女孩子的声音，他循着声音走去。

"在这里！"洁德从反方向喊道。

特里斯坦循着洁德的声音，走进了一间小卧室。卧室里放着两张上下铺，每一张都靠着墙。洁德站在其中一张上下铺边上，一个和特里斯坦年龄相仿的小男孩盘着腿坐在下铺，他长着深色的头发，正拿着 iPad 看东西。

"特里斯坦，这是休。他比你早到。"

特里斯坦和休互相点头示意，并打了个招呼："你好。"

"好了，我的工作完成了。一小时后在海螺咖啡厅集合。你可以在地图上找到海螺咖啡厅的具体位置。"洁德愉快地指导道，"千万别迟到，主管特别讨厌别人迟到。好了，待会儿见。"

特里斯坦看着洁德蹦蹦跳跳地走出房间，她的马尾辫也跟着她

上蹿下跳。

"这里的人都和她一样吗？我的意思是，都这么活泼吗？"特里斯坦问道。

"我可不希望这样。"休坐在下铺的阴影里说道。

特里斯坦看到另一张下铺上堆着衣服。于是他抬起头，警惕地看了看两张上铺。比起走路，他更擅长攀爬。因为在攀爬过程中，他不会踉跄，也不会绊倒，更不会撞上什么东西。

"你只能在两张上铺里选一张了。"休告诉他，"如果你愿意的话，可以睡我上铺。睡在另一张下铺的男孩叫瑞德。怎么说呢？总之，爬到我上铺可能比爬到他上铺要容易。"

"好的，谢谢。"特里斯坦把背包扔到上铺。

休探出脑袋，指了指挂在上铺床尾的一条毛巾。毛巾是棕褐色的，上面绣着"海鞘"两个字。"那是你的毛巾，卫生间的柜子里还有好几条。在你的床铺下有个抽屉，可以放私人物品，那里还有几个书架，你也可以用。"休说。

"那个男孩去哪儿了，他叫什么名字来着？"

"瑞德，他认识几个年纪比我们大的营员，去找他们聊天了。我记得他说，他们住在鱿鱼屋。能肯定的是，鱿鱼一定比海鞘级别高。"

特里斯坦点点头："是的，是谁想出这些名字的？"

"我猜他们的目的是想激励我们努力学习，争取搬到比海鞘屋

高一级的鲷鱼屋吧。"

接下去的十多分钟里，特里斯坦只顾埋头整理行李，而休则安静地坐着看书，他们之间几乎没有任何交流。当特里斯坦的床上只剩下一小堆衣服时，他从夏令营发放的包裹里取出了地图。地图上有整个海洋公园的详细布局。

"你知道我们要去的海螺咖啡厅在哪里吗？"

"我已经用地图软件找过了，但搜不到 GPS 信号。这里应该是信号盲区。"休回答道，"我们只能用过时的办法了。纸质地图实在太没有技术含量了。"

休站了起来，拿起放在床边地板上的背包，从里面掏出自己的地图。特里斯坦又高又瘦，而休长得很矮，还有点胖。他深色的头发剪得很短，刚好到耳朵以上，梳得相当整齐。他上身穿着一件 IZOD 牌的及膝藏青色 T 恤衫，下身穿着一条熨烫得非常平整的卡其色短裤，腰间系着一条卡其色帆布皮带。

特里斯坦想，入营第一天他们是不是应该精心打扮一下。他下身穿着一条黑色的大短裤，上身穿着一件灰色的 T 恤衫。这件 T 恤衫是上次去水族馆的时候妈妈给他买的。T 恤衫前后印着一条大鲨鱼的黑色轮廓，背面还写着：我的家庭作业被鲨鱼吃了。

"海螺咖啡厅好像在公园的另一侧，在冲浪池和剧院之间。"特里斯坦说道。

"是的，应该是这样的。"休看着地图，确认道。

"那是不是意味着我们还得再次穿越那堵墙？"

"是的，我已经穿越好几次了，其实也没那么难。"

特里斯坦心里可没那么笃定。

3. 大蜗牛咖啡厅

特里斯坦和休沿着步行道没走多久，就回到了丛林墙。幸好，这个时候，不断有营员排着队，等待穿越这堵植物墙。年纪稍大些的营员大约十五到十七岁。他们为了测试踩上岩石后藤蔓的反应速度到底有多快，几乎是跑着出去的。年龄小一点的营员远没那么自信，他们犹犹豫豫地从一块岩石跳到另一块上。十二岁的特里斯坦和休就属于年龄小的营员。他们开心地紧跟着一个大男孩，这个大男孩长着火红的头发，而且满脸雀斑。大男孩朝他们笑笑，他并没有借此机会作秀，而是巧妙地鼓励他们穿越丛林墙。尽管特里斯坦已经走得很慢，可还是跟跄了好几次。幸好他没有脸朝下一头栽倒，或者完全从海洋生物石上摔下来。

当他们顺利穿过丛林墙的时候，大部分营员早就走了。特里斯

坦和休发现，剩下为数不多的几个营员也要去海螺咖啡厅。唯一的不同是，他们选择了不同的方向。有些往左走，有些则选择直行——从公园中间穿过去。

"我们应该往哪儿走？"特里斯坦问道。

休拿出地图说："两条路都通往海螺咖啡厅。一条沿着潟湖，另一条需要穿越溪流和热带雨林区。按照我的计算，两条路的路程差不多。如果步行速度相同的话，无论走哪条路，到达咖啡厅的时间都一样。要是能用地图软件的话……"

休还在继续往下讲，特里斯坦目光呆滞地盯着他，然后说："嗯，从公园中间穿过去怎么样？"特里斯坦心想，万一以后自己需要快速做决定，最好还是不要向休求助。

"好的。"让特里斯坦出乎意料的是，休的回答十分简洁。

特里斯坦在前面带路。他们俩走上了一条石子路，路两边种满高大的椰子树，还栽着一种垒球般大小的红花，形如马勃①。再往前的地面上，是一片"雷区"——至少散落着一百个椰子。特里斯坦凝视着前方，慢慢往前挪动，小心翼翼地绕开地上的椰子或者从椰子上方跨过去。如果在这个地方滑倒，那就尴尬了，因为他很可能会摔断腿。然后他又想起，自己在什么地方读到过这样的事：每年被椰子砸死的人比被鲨鱼咬死的人还要多。他立刻抬起头，看看

———————

① 马勃：一种菌类植物，圆球形如蘑菇，内部如海绵，黄褐色。

头顶那些随时会掉下来砸破他脑袋的椰子。休完全无视地上的椰子和特里斯坦缓慢、怪异的动作。他很快超过了特里斯坦，走到了前头。特里斯坦这一路，既要躲避地上的危险物，又要防范树上随时会砸下来的"定时炸弹"。不过谢天谢地，他们终于走到了没有椰子树的地方。这条道路的两侧排列着巨大的绿色蕨类植物，它们卷曲的叶子和休差不多高。特里斯坦和休听到了潺潺的溪水声，在他们的正前方有一座拱形小桥。

特里斯坦兴奋地往前跑去。尽管地面上没有使绊的椰子，他还是和往常一样，一个趔趄，差点摔倒。

休友善地笑了笑，任何人在这个时候都会忍不住的。

特里斯坦努力稳住身体，他显得毫不在意，假装自己没有差点摔个狗吃屎。他低头凝视桥下流淌的水。"嘿，快来看这些鱼！它们的牙齿很长。"他指着两条艳蓝色的鱼喊道。这两条鱼又大又肥，正在咬石头。

休也加入进来。他低下头，在阳光下眯起眼睛，仔细观察。"我知道它们是什么鱼，鹦嘴鱼。它们生活在珊瑚礁中。我在书上读到过，它们吃海藻和珊瑚。然后，当它们——你知道——排泄的时候，能为沙滩生产大量沙子。"

"太恶心了！大便沙滩。"特里斯坦脸上的表情就像是他刚踩了一坨又大又臭的狗屎。他们俩似乎都被恶心到了。

"这里肯定能游泳。"特里斯坦说道。他恨不得马上跳进水里，

感受一下。

"是的。"休一边说，一边从桥边往回退。

"你会游泳吧？"

"当然没问题。只不过比起其他类型的水上活动，我对游泳没什么热情。"

"那你倒是跟我姐姐挺像的。"特里斯坦说道，"对了，你为什么来这里？这是关于海洋生物的夏令营。"

"我想学习与海洋动物相关的知识，但不想和它们一起待在水里。我妈妈说，如果我不愿意，可以不下水。"

特里斯坦想把自己和鲨鱼一起游泳的故事告诉休。但他觉得，休也会和其他人一样，认为他能保命纯粹靠运气，或者认为他就是个疯子。

从桥上下来后，两个小男孩加快了步伐，他们可不想迟到。他们穿过一片茂密的树林。条状的灰色苔藓从树干上垂挂下来，凉爽潮湿的雾气笼罩着这里的一切。苔藓上挂着晶莹的水滴，仿佛泪滴状的水晶闪闪发亮。接着，他们又经过一个浅浅的大水塘，海龟在水塘里悠闲地游着。水塘中央有一个碧草如茵的小岛，一群粉橙色的火烈鸟在岛上漫步，夺人眼球。这让特里斯坦想起了邻居院子里那只劣质的桃红色塑料火烈鸟。它们和真的火烈鸟简直天差地别。

他们继续往前走，很快就看到了另一条河。这条河里有一个很深的弯道。特里斯坦发现有一个深色的阴影在水里游动，就像一个

巨大的可变形的足球。他走近一些，蹲下身子想看得更仔细。岸边的沙子很松，他还没来得及反应，就像蜜蜂踩在蜂蜜上一样，脚底打滑。这次特里斯坦没能保持住平衡，他就这样摔进了水里。他暗暗想：为什么总是我？

休又笑了起来，若无其事地问道："在水里感觉如何？"

特里斯坦红着脸从河里爬出来，抖了抖头发上和衣服上的水，说道："感觉非常好。你看到那个移动的球状物体了吗？那是成百上千条小鱼聚集在一起形成的。"

这时公园已经关门了，周围一片静谧。他们又往前走了一会儿，原本的宁静被一阵欢笑声和聊天声打破了。特里斯坦和休循着声音，走出公园中央的河流和花园区，来到一栋建筑门口。它的建筑风格和海滨小屋类似，但比小屋宽敞很多，并且是直接建在地面上的。特里斯坦和休看到另外两名营员走进了竹子门里，而门上正写着"海螺咖啡厅"几个字。进门时，休说道："希望这个名字并不代表我们必须吃海螺。你知道海螺是一种巨大的黏滑的蜗牛。"

洁德和另外两个大营员正在海螺咖啡厅安排新营员们的座位。她一看到特里斯坦和休，就向他们热情地挥手，并向他们指了指两张最前排的桌子。

特里斯坦朝桌子走过去时，对休嘀咕道："我觉得他们对海螺过分热衷了。"

目光所及，墙上画的，桌子上刻的，水壶和玻璃杯上装饰的，

都是小小的粉色海螺。屋子的天花板上吊着一个旧渔网，上面也挂满粉色海螺。就连餐厅里的二十几口钟都是由闪闪发光的粉色海螺堆叠而成的。

休翻了一个白眼，说道："我妈妈应该会觉得很可爱。"

就在这时，四个女孩走了进来。她们在特里斯坦和休隔壁的桌子旁坐下来，然后开始审视他们俩。其中有两个女孩是双胞胎，她们长得一模一样，根本无法区分。特里斯坦听到她们似乎在说自己跟落汤鸡一样，然后四个女孩开始哈哈大笑。几分钟之后，一个帅气的金发男孩大步走向特里斯坦和休的桌子，他的皮肤被晒成了棕褐色（像加利福尼亚的冲浪男孩）。"兄弟，我真的得和小朋友坐一起吗？"他说。

坐隔壁桌的两个女孩把头凑在一起，窃窃私语起来。

男孩匆匆瞥了休一眼，然后点头示意道："你好。"

"哦，嘿，瑞德，这是特里斯坦，他跟我们住一个房间。"

"嘿。"瑞德说道，他朝特里斯坦酷酷地点点头，"兄弟，你怎么了？"

特里斯坦还没来得及开口，休就抢先说道："哦，他帮助一个失足落水的人从河里爬了出来。"

特里斯坦无声地向休表示了感谢。他调整了一下身体的重心，向瑞德点点头，想尽量表现得酷一些，结果却差点从长凳上摔下去。隔壁桌的女生们又哈哈大笑起来。特里斯坦羞得满脸通红，在

长凳上缩成一团，恨不得找个地洞钻下去。

就在这时，他们听到了噼里啪啦的声音，好像是什么人在尝试吹喇叭，但最终失败了。大营员们哈哈大笑起来。一个男孩站在前面，把海螺靠近嘴边吹了几下，然后耸耸肩，和其他人一起大笑起来，随即坐了下来。

一个长着浅黄色头发的男人走到了大家面前，他的脸上坑坑洼洼，满是青春痘印。他中等身材，身体强壮，下身穿着一条卡其色短裤，上身穿着一件印有鲨鱼和波浪标志的干净白色 T 恤衫。他说："卡洛斯，这是很不错的开始。我还听过更糟糕的演奏。"

"大家好，欢迎来到海洋夏令营。首先，请允许我为新营员们做一下自我介绍，我叫迈克·戴维斯，是夏令营的主管。我现在有一个问题考大家：为什么蛤蜊不喜欢和别人分享自己的食物？"

大营员们面面相觑，然后全都疑惑地摇摇头。

"因为他们是贝壳类动物。"戴维斯主管大声说道。

整个屋子出奇地安静。

"哦，拜托，这可是个很经典的笑话。你们看，"贝壳类动物"和"自私"的发音很像①。"

"我们刚才就听懂了。"有人喊道，"但还是笑不出来，这才是

---

① "贝壳类动物"和"自私"的发音很像："贝壳类动物"和"自私"的英文单词分别是 shellfish 和 selfish。

问题。"

"那你们听过海龟过马路的笑话吗?"

"不,别讲了,我受不了了!"另一个营员叫起来。

"哦,我知道你们很喜欢我的笑话。只是不好意思承认罢了。言归正传,很高兴你们能来这里。这是一个非常独特的夏令营,你们每个人的到来绝非偶然,而是经过精心挑选的。你们都具有某些令人惊叹且不同寻常的天赋。在这个夏天,我们会帮助你们探索、开发你们的天赋。"

特里斯坦疑惑地看着休,小声嘀咕道:"是啊,我确实有一项天赋。在我经过的道路上,你只要随意放一样东西,就能把我绊倒。"

"那是弗雷德教练。"戴维斯主管指着站在前面右边角落里的男人继续说道。他身材健硕,乌黑的头发往后梳成一个光滑的短马尾。他站姿笔挺,脸上的表情更像是在进行阅兵式,而不是举行夏令营的欢迎仪式。"……他负责训练你们的水下技能和航海技能。桑切斯女士是我们的语言学专家和伪装专家,她会教你们如何和海洋生物建立联系,并且与它们交流。我负责教授海洋地理,以及执行任务时的协调工作。"

特里斯坦环顾四周,怀疑自己是不是听错了。其他的海鞘似乎也同样迷茫。

"他是不是说和海洋生物交流?还有任务?"特里斯坦对休

说道。

"他是不是说了水下技能?"休问道。

"为了充分发挥自己的潜能,你们必须遵守一些规定。在夏令营正式开始之前,你们每个人都必须同意遵守这些规定。不能拍照,不能打电话,不能使用电脑,除非是在被允许的区域里。"

海鞘们集体抱怨起来。

"这是什么地方,监狱吗?"休说道。

正在这时,一束蓝色的光线在门口闪了起来,还伴随着缓缓的蜂鸣声。营员们既能听到声音,也能感受到它的震动。戴维斯主管立刻紧张地望向屋子的后方。

"我们去。"话音未落,洁德已经跟另外一个大男孩冲出了前门。

"看起来我们不得不长话短说了。"戴维斯主管说道,"弗雷德教练会帮我把剩下的事情说完。但是在离开之前,我想做一件事。你们每个人手里都有水吗?"

其他桌的大营员们都把自己的水杯加满了。接下去的那一刻,整个房间安静得连根针掉在地上的声音都听得到。所有人都盯着海鞘们的桌子。小营员们也立刻拿起桌上的水罐,往自己的玻璃杯里加水。

这时,每个人手里都拿着一杯水,主管说道:"干杯!预祝大家在海洋夏令营度过一个美好、卓有成效并且安全的夏天。"

特里斯坦非常肯定，当海鞘们喝水的时候，其他人都在盯着他们看。

"祝你们度过一个愉快的夜晚，明天见——我希望。"戴维斯主管说完，跑了出去。特里斯坦注意到，他有点跛，脚上还穿着两只不同颜色的运动鞋。

"晚饭后，请鲷鱼和鱿鱼们到造浪池训练。"弗雷德教练突然说道，"鲸鱼和鲨鱼们到潟湖码头集合，海鞘们去波塞冬剧院。不要磨磨蹭蹭或者乱走，我会在波塞冬剧院等你们。另外，在夏令营里请大家多补充水分，现在赶紧去摄取能量吧！"

海鞘们坐在那里一动不动，看起来很迷惑，仿佛他们刚被告知，自己参加了一个外星人夏令营。至少到目前为止，这个夏令营肯定不是特里斯坦原本认为的那样。

"这句话的意思是吃饭的时间到了。"瑞德一边说，一边站起来，和大营员们一起去拿食物了。

特里斯坦和休排在队伍的最后面。菜单上并没有海螺，这倒是让休松了一大口气。准确地说，菜单上没有任何海鲜。他们可以选择的食物有比萨、意大利面，某种有点像美式鸡肉派的东西和沙拉罐头。当特里斯坦在思考吃什么的时候，他无意中听到了大营员们的谈话。尽管没有听到完整的对话，但他还是抓住了一些词，比如"任务"和"意外"。

特里斯坦和休走回自己的桌子。瑞德则去了其他桌和大营员们

一起吃饭。

"我一直在想刚才为什么会闪蓝光。是不是有紧急情况?"特里斯坦对休说道。他猜想是不是夏令营里发生了意外,还有,其他营员在谈论的任务到底是指什么。

"我不知道,但你看看这些食物。如果这都算不上紧急情况,真不知道什么才算。"休厌恶地盯着自己的盘子,仿佛盘子里盛满了蚂蚁和蠕虫。

"我觉得还行,你平常吃什么?"

"前几天晚上,厨师做了鹌鹑烤土豆,还洒上了松露油。"

"鹌鹑?是一种类似鸭子的动物吗?你们家还有厨师?"

"幸好我们家有厨师,我妈完全不会做菜。有一次她试着烤了几片面包,结果把一块毛巾点着了,差点把整栋房子烧掉。对了,你觉不觉得这水味道怪怪的?"

"是的,尝起来有点奇怪。那个词怎么说来着?有点……酸涩,还带点粉色。也许是为了更好地搭配房间里的颜色。"

大营员们一番狼吞虎咽,很快就吃完了。海鞘队的新营员们留到了最后。

休坐下来,仔细查看自己的地图。

"我们跟着她们走吧。"特里斯坦朝海鞘队女生的方向点点头,建议道。她们拿出地图,正往门口走去。

"好的,我来看地图,省得走错方向。"出门的时候,休全神贯

注地盯着地图，一不小心踩空了。休撞到了特里斯坦，特里斯坦撞到了前面的两个女生，营员们犹如多米诺骨牌一般，其中一个女生重重地摔倒在地。

"嘿，落汤鸡，你走路不长眼睛吗？除了是落汤鸡，你还是白痴吗？"女孩倒在硬邦邦的沙地上说道。她气愤地瞪着特里斯坦。她长发及肩，但头发的颜色跟洗碗水似的，而且看起来像是好几天没梳了，不过也很可能这辈子都没梳过。她上身穿着一件黑色T恤衫，下身穿着一条破破烂烂的宽松牛仔裤，牛仔裤上面还沾着大块污渍。

"嘿，这不是我的错。"特里斯坦说道，"你没事吧？"

"当然没事。你觉得我是那种弱不禁风的小姑娘吗？一摔就受伤。我比她们强多了，兄弟。"她突然爬起身，迈着大步走了。

"别管她。"另一个女孩说道。这个女孩和休长得差不多高，很瘦，但也并不是骨瘦如柴。她上身穿着一件有很多褶边的棕褐色T恤衫，下身穿着牛仔短裤。她小麦色的长发笔直地披在背上，里面还点缀着一些金色。

"你们好，我叫姗姆，那是露西娜。她不怎么好相处，我想你们应该明白我的意思。你们也要去波塞冬剧院吗？"

"是的。"特里斯坦盯着她灰蓝色的大眼睛回答道。她的眼睛里闪着好奇的光芒，也许还透着一丝狡黠。

"太棒了，我也是。"姗姆一边往露西娜的方向走，一边说。

特里斯坦和休对视了一眼。他们俩都不习惯跟女孩主动搭讪，特别是漂亮的女孩。但姗姆也不是无缘无故来找他们聊天的，毕竟是他们撞到了她，准确地说是差点把她推下台阶。特里斯坦不知道该聊什么。但事实上，他根本无须担心自己不善言谈。

"你们是哪里人？我来自缅因州。那里的水很凉爽，河里有很多龙虾。人们会特意从很远的地方赶来吃龙虾。缅因州的河跟这里的河流完全不一样，什么鱼都没有。你们看到潟湖里的海豚了吗？是不是很棒？对了，你们叫什么名字？"

"我叫特里斯坦，他叫休。"

"我从来没潜过水。你们潜过吗？我已经迫不及待了。还有造浪池，实在太酷了。"

"是的，应该会很好玩。"特里斯坦看看休，说道。他的脑子里正在思考，为什么姗姆能一边呼吸，一边像机关枪一样不停地讲话。

"不知道我们什么时候能去潜水，真希望明天就能去。尽管我不是很愿意跟露西娜一起潜水。你们房间里还有谁？嘿，你怎么全身都湿了？对了，你们说自己是哪里人来着？"

特里斯坦呆呆地看着她，嘴巴微微张开，他不知道该先回答姗姆的哪个问题。但在他开口之前，姗姆又开始了。

姗姆尴尬地笑了笑："对不起，我一紧张，话就有点多。"

"是有点多而已吗？"特里斯坦笑着问道。

　　姗姆耸耸肩，然后他们三个都大笑起来，继续往波塞冬剧院方向走去。

　　波塞冬剧院和海螺咖啡厅之间藏着一个密室。密室的一面墙上安装着一块屏幕，屏幕射出来的光线照在它正前方的弧形桌上。此外，密室里一片漆黑。

　　"看起来像百慕大三角。"洁德说道。

　　"洁德，我已经跟你说过很多次了，不要这么叫这片海域。"戴维斯主管教育道。

　　"好的，那么正确的说法是，在巴哈马群岛发生了一些事。"洁德指着屏幕说道。屏幕上有一幅巴哈马群岛的卫星地图，地图上的一个区域用红线圈了出来，区域中间是几个呈 Y 形排列的小岛。

　　"还有更详细的信息吗？弗拉什，你在网上找到了什么信息？"戴维斯主管转向前面电脑桌旁的鬈发非洲裔美国小伙子。

　　坐在转椅上的小伙子在电脑键盘上快速地敲击了几下，然后说道："主管，我已经仔细调查过了。根据这一区域海洋生物们的汇报，当地发生了好几次爆炸和一次海底沙尘暴，还有几条巨头鲸因此受了伤。"

　　"知道原因吗？是不是军事演习？"

　　"看起来不像。如果是军事演习的话，相关方一般都会提早通知。"

"我们是不是应该立即派一队人过去？"洁德急切地问道。

"不用这么着急。"主管回答道，"在出发之前，特别是现在，我想再多搜集些资料。弗拉什，你点击进入卫星系统和海洋观测浮标系统，看看地震勘测仪有没有新的发现。我得打几通电话。"

4. 表演时间

特里斯坦、休和姗姆是最后到达波塞冬剧院的新营员。这是一个半覆盖式的大型圆形阶梯剧院。当他们到达时，其他新营员早已经在长凳上坐好。剧院的前部是一个巨大的舞台，一个弧形浅水池围绕在舞台四周，水池后方有高大的红棕色岩石和绿色植物。整个剧院很暗，安静得可怕。

"我们就光坐在这里，什么都不干吗？教练在哪里？"瑞德大声抱怨道。

突然，五颜六色的旋转光照亮了整个舞台和水池，环绕立体声音响里传来了鼓点声。岩石上的一扇门滑开了，弗雷德教练从里面走了出来。教练上身穿着一件红色亮片背心，下身穿着一条迷彩长裤。在灯光的照耀下，背心闪得人睁不开眼。他手里拿着一根发光

的长棒，棒子顶端是一个三叉钩，看起来像极了一把涂了太多闪光粉的耙子。特里斯坦不知道该如何形容弗雷德教练，是军人和百老汇舞者的混合体，还是战士和马戏团驯兽师的杂合体？总之，他非常怪异。

"现在让我们以最热烈的掌声欢迎洛里，夏令营里最优秀、最聪明、最勇敢的营员。"他宣布道。

特里斯坦、休和姗姆面面相觑。显然，他们都在思考同一件事。

"这个人确实是教练吗？"特里斯坦嘀咕道。

"就是。"瑞德平静地对他们说道，"我听说他以前是海军，但始终怀揣着表演梦。"

"真的吗？"特里斯坦说道。

这时，从圆形剧院上方传来了响亮的叫喊声："哇哦！"

特里斯坦和其他海鞘们纷纷转过头。一个十七岁左右的男孩从剧院上空飞下来，穿过整个剧院，最后飞向舞台。一开始，新营员们以为他在空中飞翔，这简直是太不可思议了，但后来他们注意到他其实挂在一根滑索上。在即将到达舞台时，他解开了身上的绳索，做了一个后空翻，直接跳进了浅水池里。

紧接着，聚光灯打在舞台一侧的某块岩石顶部。这块岩石至少有二十英尺高。一个健壮结实的黑发女孩从植物后方跳出来。她看看海鞘们，然后用燕式跳水，优雅地跳进了水池里。

两个大营员一前一后地在水池里游着。他们游泳的速度非常快，异于常人。他们从水里跳出来，在空中翻了个跟头，然后完美地落在弗雷德教练身边。

"那么，你们觉得他们的表演如何？请大家为洛里和卡梅拉献上热烈的掌声。"

海鞘们机械地拍着手，实在太震惊了，以至于他们根本分不清现实和幻觉。

"谢谢，孩子们。接下去请大家观赏下一个节目。请注意观察罗斯蒂，他正在水中慵懒地游来游去。"教练说道，他的手正指着水池里一个被灯光照亮的区域。一个红发男孩用夸张的蛙泳姿势，缓慢地穿过水池，他的头始终露出水面。他就是特里斯坦和休之前在丛林墙那里见过的男孩。

"你们很容易看到他，对吗？"

照在水池上方的白色灯光突然熄灭了。不一会儿后，彩色聚光灯照亮了水面，男孩消失了。当白色灯光回来的时候，他又在水池里慢慢地游。

"想再看一遍吗？"

"是的！"有人喊道。

特里斯坦眯起眼睛，死死盯着罗斯蒂游泳的地方。但彩色聚光灯一亮起，罗斯蒂就消失了。当白色灯光回来时，他又在原来的位置，悠闲地划着水。

"你们现在觉得海洋夏令营怎么样？"弗雷德教练一边说，一边熟练地耍着那把令人眼花缭乱的三叉钩，"这就是我们将帮助你们开发的特殊能力。现在让我们以热烈的掌声，欢迎桑切斯女士。"

一位女士突然出现在舞台一侧，她的年龄比弗雷德教练更长一些。特里斯坦相当肯定，自己刚才往那个方向看时，桑切斯女士并不在那儿。桑切斯女士身材瘦小，留着一头灰白色的短直发，戴着一副方方正正的深色眼镜。她下身穿着一条紧身打底裤，但说不清是什么颜色的，上身配着一件藏青色的 T 恤衫，T 恤衫上印着白色的波浪和鲨鱼。桑切斯女士朝弗雷德教练点点头，瞥了一眼教练的演出服，露出了笑容。然后她转过身，面向海鞘们说："在夏令营里，教练会教你们游泳、跳水之类的技能，我会帮助你们和海洋里的动物进行交流。"

教练补充道："你们中的一些人会像洛里和卡梅拉一样擅长游泳，另一些人可能像罗斯蒂一样，是伪装专家。但毫无疑问，你们每个人都有某些海洋天赋，我会帮助你们发现并开发这些异乎寻常的能力。"

桑切斯女士发出了一个像是清嗓子的声音："哦，我的意思是，我们会帮助你们开发这些潜能。"

休举起了手："呃，教练，长官，你是否知道有一些天赋，不需要下到海里就能发挥？"

露西娜哈哈大笑起来，她盯着休微微鼓起的肚子，说道："我

觉得你的天赋是吃。"

"那你的天赋呢？在泥里打滚吗？"特里斯坦反击道。他的手脚可能略显笨拙，可一旦有需要，他的嘴皮子还是相当利索的。

露西娜满脸通红。她的眼睛刚才还因为大笑，眯成了一条缝，现在立马瞪了起来。她看起来要么想跟特里斯坦拼命，不然就快气炸了。

"好了，够了！"教练干涉道，"别闹了，你们得学会融洽相处，共同合作。"

"我深表怀疑。"露西娜咕哝道。

"刚才提问的男生，你叫什么名字？"教练问道。

"休，长官，我叫休·哈弗福德。"

"哈弗福德，你们之所以被邀请到海洋夏令营，是因为你们每个人都具有和海洋相关的特殊能力。有些人可能比别人游得快游得远，有些可能擅长伪装或者防御。还有少数人能和海洋生物交流，甚至用身体作声呐，进行定位，尽管这类人非常罕见。"

"呃，长官，只有海豚、鲸鱼和蝙蝠能用回声定位。"休说道。

"是的，我相信这是你目前掌握的知识。"教练回答道，"但在这里，你将发挥出意想不到的技能。"

桑切斯女士往前走了一步，发出了一个类似吹蜡烛的声音。

"有没有人觉得这个声音很熟悉？"她问道。

姗姆尝试性地举起了手："像是海豚轻喷水管。"

"是的，回答正确。你叫什么名字？"

"萨曼莎·马滕，但大家都叫我姗姆。"

"啊，好的，马滕小姐。"桑切斯女士说道，显然她已经记住了这个名字，"你们应该知道，地球上的生命被认为起源于海洋。几亿年之后，动物们进化了，它们适应了海洋生活，比如海豚。为了呼吸、进食、移动、自我防护和交流，它们拥有了某些特殊能力和行为模式。当然，我们人类自始至终生活在陆地上。但因为生命起源于海洋，所以我们最原始的祖先也来自海洋。有些人身上还留有祖先的基因，这些基因能让他们更好地适应海洋生活。在适当的年龄，在恰当的帮助下，这些基因会被激活，因此产生的特殊能力至少能持续好几年。"

"您的意思是我实际上是一条鱼或者一条鲸鱼，只是我自己不知道而已？"露西娜说道。其他海鞘们窃笑起来。

"亲爱的，不完全是这样。但在你的基因里，可能存在某种特殊能力，也正是这种能力让鲸鱼能在海洋里生活。"

"拜托！"休说道，"众所周知，人类是从灵长类动物进化而来的，有些人甚至连游泳都不会。"

桑切斯女士面带微笑，耐心地继续解释说："你说得对，确实有一些人不适合在海洋里生活，但在座各位完全不属于这类人。我打赌，在过去的几个月里，你们中许多人有过跟海洋或者海洋生物相关的不寻常的经历。"

弗雷德教练插话道："桑切斯女士很喜欢听温暖人心的小故事，尽管我完全没兴趣。但为了她，这位穿鲨鱼 T 恤衫的高个男生，请你来讲一讲。你刚才还说什么泥里打滚来着。"

足足一分钟之后，特里斯坦才反应过来弗雷德教练说的是自己："呃，要讲什么？"

"最近在你身上，是否发生过一些与海洋或者海洋生物有关的怪事？"

特里斯坦犹豫了一下，然后平静地说道："我和鲨鱼一起游过泳。"

"说得详细点，孩子。"弗雷德教练大声命令道。

"我掉进了一个鲨鱼池，然后和鲨鱼一起游泳。"

其他海鞘们目不转睛地盯着特里斯坦。

"听起来很不错，很好。那你呢，马滕？"教练问道。

姆姆深深地吸了一口气："几天前，我父亲回来……下班回来之后，我们就乘他的船出去游泳。我觉得自己看到了，也许是听到了一条鲸鱼的声音。但我家人都说没有，他们也不相信我。可就在五分钟之后，真的有一条鲸鱼出现在我说的位置。他们都认为那只是巧合而已，但我真觉得在鲸鱼出现之前，我就听到了声音。然后，另一条鲸鱼……"

"好的，非常好。"弗雷德教练打断道。

桑切斯女士看着休。从他脸上阴郁的表情，可以清楚地分辨

出，他没有过类似的经历。"对于你们中的某些人来说，事情会更微妙，所以需要更多时间来让你们的天赋得以显现。"她继续说道，"你们的能力非常特别，也很罕见。这些能力可以造福世界。但关键是，从现在开始，大家必须严守秘密，包括自己拥有的特殊能力以及在这里接受的训练，绝对不能告诉其他人，以防有人利用你们的能力牟取私利。他们的用心可能非常险恶。"

弗雷德教练拿出一个装饰着红色亮片的超薄 iPad，这个 iPad 倒是和他的 T 恤衫很相配："在着手训练和开发技能之前，每个人都必须保证对自己的天赋和在夏令营发生的一切守口如瓶。"

教练走向瑞德，继续说道："如果你能保证，不把在这里看到的一切、做的一切说出去的话，请把手掌放在上面，同时说出'我发誓'以及你自己的名字。"

瑞德把手掌放在屏幕上，然后说了"我发誓"和自己的名字。当他把手缩回来的时候，屏幕上出现了一个发光的绿色掌印，iPad 回放了他的声音：我发誓，瑞德·琼斯。

弗雷德教练走到每个人身边，要求大家发誓，并且提供手掌印。最终所有人都同意了，尽管有些人似乎有些不情不愿。比如，露西娜在经过一番劝导之后，才勉强答应。而休先是询问了教练，这么做是否具有法律效力，然后才答应。

"太棒了，演出十分完美！真是个美好的夜晚！"教练激动地高喊道，"今天就到这里，新营员们。明天一起床，你们就会迎来全

新的一天。早上八点准时吃早餐。九点请到潟湖码头上第一堂课。记得穿上泳衣，千万不要迟到。"

"晚安，孩子们，好好休息，明天下午见。"桑切斯女士补充道。然后她又像刚才出现时那样，悄无声息地消失了。

新营员们一开始都沉默地坐着，没有人起身离开。瑞德看看其他人，然后耸耸肩走了。露西娜也和双胞胎一起离开了，她们一边走一边低声交谈着。偌大的圆形剧院里，只剩下了特里斯坦、休和姗姆。

"我在想我的天赋是不是和鲨鱼一起游泳。"特里斯坦说道。

"也许我能听到海洋生物说话。"姗姆补充道。

他们俩一起看着休。休把头支在手上，盯着地板发呆。

"快走吧，我相信明天会有更多新发现。"特里斯坦说道。

"是的，我已经迫不及待了。"休难过地呜咽道。

5. 游泳时的惊喜

第二天早晨，特里斯坦和休在海螺咖啡厅遇到了姗姆。吃完早餐后，他们就一起往潟湖走，准备上第一堂训练课。特里斯坦和姗姆一路小跑，他们已经按捺不住内心的激动，迫不及待地想开始训练。但休走得很慢，仿佛他的双脚陷进了黏糊糊的泥地里，很难拔出来。尽管他们是最早到达潟湖码头的新营员，但当时已经有不少人聚集在那里。戴维斯主管和红发男孩罗斯蒂，站在码头最外面，洁德则刚从水里爬起来。他们专注地聊着天，根本没人注意到新营员们就在不远处。

"有新消息吗？"戴维斯主管问洁德。

"海豚们汇报说，那里又发生了几次爆炸，它们还发现了一艘陌生的船。一些鲨鱼被杀害了，好像是为了割鲨鱼鳍。"出人意料

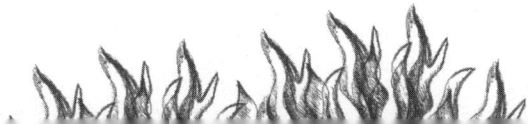

的是，洁德的语气很严肃，完全不像她平时的风格。

特里斯坦、休和姗姆踌躇不前，他们不想打断这场对话，但他们站得实在太近了，能听得一清二楚。

特里斯坦低声说道："割鲨鱼鳍，实在太恶心了！那些人把鲨鱼的鳍割掉，再把奄奄一息的鲨鱼丢回海里。"

"太残忍了！怎么会有人做这种事？"姗姆小声问道。

"在亚洲，人们用鲨鱼鳍煲汤。"特里斯坦回答道，"我在书上看到过，亚洲人肯花高价买这种汤，差不多要二百美金一碗。"

"呃！"姗姆说道，"实在太恶心了。"

特里斯坦和休点点头，表示同意。他们悄悄地向码头挪动，以便听得更清楚。

"这实在太糟糕了，现在是非常时期。"戴维斯主管说道，"但我们最好还是派个小分队过去。那里地理位置偏僻，荒无人烟，在权威部门到达之前证据可能就会被销毁，还不一定请得动他们。"

一只巨大的棕色鹈鹕从码头的木桩上跳了下来。它蹒跚地走到洁德身边，用长长的嘴啄了啄洁德的小腿。鹈鹕嘴巴和脖子之间的肉很宽松，一晃一晃的，像极了人类手臂上松弛的赘肉。

洁德躲到一边，轻轻地挥挥手，想把鸟儿赶走："别这样，亨利。主管，我能和海洋生物交流，让我去吧。"

"我能伪装。"罗斯蒂补充道。

鹈鹕又啄了一下洁德的腿，洁德再次把它赶走了。

"好的，带上洛里，他擅长游泳，再向弗拉什要一些跟踪装置和可能用得上的工具。我会让直升机把你们送到尽量靠近目标的地方，再安排一艘船接应你们。记住，我们的任务只是搜集证据，仅此而已。千万别让人发现，也不要惹麻烦。最重要的是，保证安全。真希望我们有能用声音定位的人。自从罗杰走后，还没有人显示出这方面的天赋。"

他们脸上的表情很悲伤。鹈鹕又跳到了洁德身边，这次它重重地在洁德的屁股上啄了一下。

"哦，好了好了！怎么了，亨利？"

鹈鹕往后退了一步，把身子转向特里斯坦、休和姗姆站的地方。这着实让特里斯坦大吃一惊。

"你们好！"戴维斯主管看到了三个新营员，"你们准备好参加第一天的课程了吗？"

"是的。"特里斯坦回答道。

"洁德，你和罗斯蒂得赶紧行动。"主管说道，"在你们出发之前，我会来找你们的。"然后他对鹈鹕点点头。鹈鹕乖乖地跳回木桩子上去了。

"遵命……"话音未落，洁德已经和罗斯蒂一起走出码头。与此同时，她还向特里斯坦、休以及姗姆匆匆地点了点头。

"其他人也来了。"戴维斯主管说道。他看到露西娜、瑞德和双胞胎正往码头走来。弗雷德教练也和他们在一起。他现在的装束很

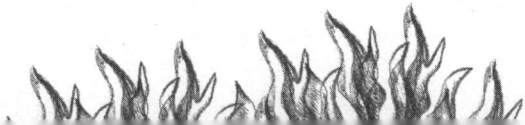

正常——不带亮片的普通游泳裤和Polo衫。他的肩膀一侧挂着一个沉重的蓝色背包。

"欢迎大家参加第一天的训练。"主管说道，"今天将会是令人兴奋的一天，而弗雷德教练是训练你们的最佳人选。首先，请允许我提个问题，神仙鱼为什么会变红？"

弗雷德教练翻了一个白眼。其他人都一脸茫然，他们不确定主管到底想问什么。

"它脸红了，因为它看到了一艘船的屁股。"戴维斯主管满心期待地说道。

当特里斯坦和其他新营员意识到这是一个笑话时，只能尴尬地笑笑。

"这个笑话真好玩。"弗雷德教练说道。他转身面对营员，故意不让主管看到他的脸。然后他摇摇头，无声地张开嘴，做了一个"不"的嘴型。这个动作倒是逗得营员们轻声笑了起来。

"现在我得把你们交给我们出色的教练了。"戴维斯主管一说完，就匆匆忙忙地走了。

特里斯坦再次注意到他走路一瘸一拐的。今天他一只脚穿着橙色的运动鞋，另一只脚穿着蓝色的运动鞋。

"娱乐时间结束，孩子们。现在该开始上课了。"教练的口气变得很严厉，"希望你们都穿着泳衣，或者你们打算直接裸泳。"

海鞘们面面相觑，猜想这是不是也是个笑话，但弗雷德教练脸

上的表情相当严肃。

"呃，长官？潟湖里有鱼和其他生物吗？"休紧张地问道。

"哦，是的，当然了，里面有很多生物。"

休看起来快要休克了。

弗雷德教练命令他们坐在地上。他从背包里拿出好多瓶水。每个瓶子上都有鲨鱼和波浪的标志，瓶子里的液体是浅粉色的。他给每个海鞘都递了一瓶。

"保证水分充足，这对你们来说非常重要。这种水很独特，是我们海洋夏令营自主开发的。它不仅能防止你们脱水，还含有特殊的化合物，能帮助你们最大限度地发挥海洋潜能。赶紧喝完。"

营员们迟疑地看着水瓶。

"哦，别担心，这很安全。"教练说完，打开了一瓶，咕咚咕咚几下，喝了快半瓶，"看到了吗？"

弗雷德教练站在一边，看孩子们打开水瓶，尝试性地抿了几口。然后他吹了一声口哨，口哨的声音很尖。在潟湖的远处，两条海豚旋转身体，跳向空中。

"在海洋里生活着许多不同的动物。"教练说道，"为了能在海洋里生存，每一种动物都进化出独特的能力。正如昨晚所说，你们被挑选来到夏令营，是因为你们的基因里蕴含着这种能力。"

"对不起，教练。"休说道，"那你是怎么知道的呢？因为连我自己都不确定。"

"你听说过因特网吗，哈弗福德？"教练问道。

"嘁！搞得谁没听说过似的。"露西娜冷笑道。

"人们用互联网联系世界各地的人。在海洋里，却存在一个比互联网古老得多的网络。几百万年前，海洋生物就已经开始使用这个网络来传播信息。海豚、鱼类、海鸟……几乎所有海洋生物都用同一个网络进行联系。它们相互传递信息，直至把信息传到海洋之外。后来人们发现，某些人具有特殊能力，他们也能成为海底网络的一部分。我们把这个网络称为'海洋网'。海洋生物能感知到哪些人拥有这种能力。一旦它们有所发现，就会告知我们。海鸥是我们海洋夏令营里非常出色的侦察员。鸟类和其他海洋动物也在帮助我们在全球范围内搜寻特殊能力者。但每年我们只会给少数人寄宣传册，邀请他们来参加夏令营。"

一只海豚突然出现在码头边。鹈鹕从木桩上跳了下来，飞到海豚边上。

"这是刀疤脸和亨利。谁是刀疤脸谁是亨利，应该一目了然了吧。"

海豚脸上有一条长长的刀疤，从眼睛下方一直延伸到嘴巴顶端。鹈鹕快速地上下摆动脑袋，然后在水里飞快地游了一小圈。这一圈肯定游得它晕头转向，因为当它停下来的时候，就像喝醉酒一样，脑袋左摇右摆，身体倾向一边，仿佛一艘被风暴蹂躏的帆船。

刀疤脸海豚朝鹈鹕点点头，发出了一阵短促的尖叫声。特里斯

坦觉得它正在嘲笑鹈鹕。

"有人知道刀疤脸在说什么吗?"

珊姆举起了手。

"好的,马滕,你知道吗?"

"我不是很确定,但我觉得它想邀请我们一起到水里玩。"

"你为什么觉得它在说这个?"教练问道。

"只是一种感觉……并不是我真正听到了它在说什么。"

"非常正确。我们可以用不同的方式和海洋生物交流。最常见的就是,能感觉到或者似乎有人在你脑袋里说话。当然啦,肢体语言也十分重要。"

鹈鹕亨利从水里飞了起来,它绕着码头飞了一圈,然后停在露西娜身后。特里斯坦之前并没有意识到这只鸟有多大多吓人。它张开翅膀后,足足有四英尺宽,它的嘴也有两英尺长。鹈鹕朝露西娜跳过去,然后把它的长嘴伸向露西娜。

露西娜往后躲了一下:"嘿!小心点!"

鸟儿摇摇摆摆地走了,又跳回到木桩上。

"第一步就是吸引我们的注意。"教练说道,"刀疤脸,向我们展示一下如何'发疯'。"大个子灰色宽尾海豚潜入水中,它不停地用尾巴拍打水面,然后向码头冲过来。就在撞上木桩的前一秒,它转身游走了,溅起的巨大浪花把坐着的海鞘们都打湿了。

"正如你们所见,海豚是非常有力量的动物,千万不要招惹它

们。下午，桑切斯女士会教你们更多和海洋生物交流的知识。你们中的某些人能更快地接受这些知识。而我的任务是帮助你们开发水中技能。我想你们应该都会游泳吧?"

弗雷德教练扫视了一圈，最后把目光停在休身上："好的，赶紧去沙滩。往水里走，直到海水漫过你的腰，保持放松。"

"说得倒容易。"休对特里斯坦小声说道。

"加油，试试吧。看起来不用特别担心。你看，水多平静多清澈，不像会有大型食人鱼或者大白鲨。"

休似乎并没有被说服。

"当海水漫过腰时，身体往后仰，浮在水面上。"教练命令道。

特里斯坦、姗姆和瑞德很快走到了水里。露西娜和双胞胎的动作慢很多，休则落在后面。他站在水边，深吸了几口气，然后小心谨慎地走进潟湖。休一步一停地往前挪动着，当水没过他的膝盖时，他就停住了。

"做得很不错。现在躺在水面上，感受一下海水的温暖。"教练对他们喊道。

瑞德重重地往后倒下去，故意把水溅到露西娜身上。露西娜愤怒地白了他一眼。特里斯坦和姗姆一起躺了下去，双胞胎也跟着躺下，只剩下休还站在原地。

"年轻人，赶紧躺下去。让我们看看你也能做到。"教练高声喊道。

休慢慢移动到稍微深一点的海水里。他低着头，凝视着海水。显然，他正在寻找任何可能生活在海底或者从他脚边游过的生物。

"感受趾间的海水，张开你们的手指。"教练说道，"吸气，让身体浮在海水上。呼气，让身体稍稍往下沉。"

特里斯坦很小的时候，就会游泳。此刻，他仰面躺在水上，感觉整个身心都放松了。温暖的海水抚摸着他的身体，非常舒适。这也让他拥有了前所未有的活力。他深吸了一口气，让身体浮起来。他吐气时，身体就往下沉。他已经熟练掌握了技巧。

"现在请大家深吸一口气，翻个身，然后踢水。朝我游过来，把手放在身体两侧。"

特里斯坦翻过身，同时深吸了一口气，他用小腿使劲地拍打水面，往码头游去。他就像一枚水底大炮发射出来的导弹，飞快地冲过去。如果没有弗雷德教练拦住他的话，他早就一头撞到木桩子上了。太棒了，我在水里也一样笨拙，特里斯坦想道。

"非常好，亨特，显然你的特长是游泳。只是还需勤加练习，控制好速度。"

瑞德第二个到达码头，姗姆紧随其后。再后面是露西娜和那对长得一模一样的双胞胎——她们在水里，就更难区分了。休仍旧在原地，一动不动。

"游过来，哈弗福德，让我们见识一下你的泳姿。"弗雷德教练朝他喊过去。

但休还是杵在那里，水漫过了他的大腿。

"快躺下，然后踢水。"教练继续说道。

"呃，教练。"特里斯坦悄悄说道，"他不喜欢和水里的生物一起游泳。"

"孩子，试一下。你看，其他人都做到了。"教练说道。

特里斯坦特别讨厌大人们这么说。其他人都沿着棒球场跑，并且打中了棒球，也没摔倒；其他人都能连续跳五分钟绳，不会被绊倒。他知道这种话只会让休心里更不好受。

"好的。"教练的口气稍微柔和了一些，"那你就在附近走走，熟悉一下水里的环境。其他人都爬到码头上，看看自己的脚。"

特里斯坦为休感到难过，而且他也完全不明白为什么弗雷德教练让他看自己的脚："哇哦……"

"太棒了！"瑞德补充道。

姗姆惊得目瞪口呆，不过这件事本身也的确令人吃惊。

他们的脚趾之间，长出了一层薄薄的皮，就像鸭子的脚蹼。

"我知道你们觉得很震惊。"教练说道。

"确实是。"特里斯坦补充道。

"我们在一种特殊的海藻里找到了一类令人称奇的物质。当它加入水里，被人喝了之后，就能激活我们之前谈论过的那种基因。是的，你们刚才喝的水里就加了这种物质。但是我再次申明，请大家不要担心，这种物质没有任何危险性。你们会发现，喝完之后，

你们的脚趾和手指间会长出一层薄薄的皮。有些人的皮薄如蝉翼，但有些人的皮会比较厚。教你们如何最大限度地使用刚获得的水下之翼，这就是我的任务。"

特里斯坦抬起手，他的手指间确实长出了一层薄薄的皮。尽管他没有感到任何变化，但他的手上和脚上确实长蹼了，他看了看姗姆。

姗姆正凝视着自己新长出来的蹼，一脸不可思议。露西娜正在狂甩双手，仿佛手指间的那层皮是能甩掉的烂泥一样。

休从水里走出来，坐在码头上，闷闷不乐地看着其他人。鹈鹕亨利一摇一摆地向休走去，休却躲开了。

"给大家提一些建议。"教练说道，"为了游得更快，你们可以把手放在身体两侧或者在身体正前方伸直，就像剑鱼的嘴那样。游的时候，稍稍调整手、肩膀和头的位置，就能让你们在转弯的时候游得更加顺畅。"

"我们能，比如，在水下呼吸吗？"瑞德问道。

"到目前为止，还没有人拥有这种能力。但如果勤加练习的话，你们中的一些人能够在水下长时间闭气，这样就可以深潜到海里或者在水下游很久。"

"必须一直喝这种水吗？"特里斯坦问道，"如果不喝，蹼会不会消失？"

"如果不喝的话，蹼会慢慢消失，直至有一天完全消失。不过，

你们并不会丧失技能，只不过没那么厉害罢了。"

海豚刀疤脸侧着身体游过来。显然，它正盯着码头上的孩子们看。

"来，马滕，和刀疤脸一起游个泳怎么样?"教练建议道。

"好的，行。但是我该怎么做? 头朝下跳进水里吗? 应该朝它游过去吗? 我能摸摸它吗?"

"刀疤脸是一条雄性海豚，你要做的就是跳进水里，然后做你认为对的事，让刀疤脸引导你。"

姗姆匆匆看了特里斯坦一眼，接着跳进了水里。刀疤脸立刻游到了姗姆身边。海豚跟姗姆一起游了一小段后，把嘴靠在姗姆的手掌里。过了一会儿，姗姆张开手臂，抱住了海豚的背鳍。

岸上的营员们吃惊地看着姗姆在潟湖里飞驰。一开始，刀疤脸游得很慢。为了跟姗姆比赛，它突然加速，像一颗水雷似的冲了出去，在水里留下了一道白色的泡沫。姗姆咧开嘴笑着。他们俩飞快地游了一个八字形，然后沉入水中，失去了踪影。几秒钟之后，从水里冒出来，又游了一个八字形，最后一起朝码头游来。眼看他们就要撞到码头上了，刀疤脸及时转了个弯，姗姆十分顺利地游到教练面前，仿佛这是她每天都在重复的事情。

"哇哦! 太棒了。"姗姆滔滔不绝，时而大笑，时而把嘴里的海水吐出来，"不知道为什么，可我就知道自己该做什么。"

"让我们看看，其他人的技能是什么。现在，请大家带着新脚

蹼再去游一圈，但别游得太远。"教练命令道。

特里斯坦灌了一大口粉红色的水，这水的味道就像是好吃的酸味水果糖。他马上跳进水里，迫不及待地想再去游上一圈。他把双手放在身体两侧，用双脚踢水。他似乎能毫不费力地在水里穿梭。特里斯坦抬起头，换了口气，尝试着把两只手伸在身体前方。他动了一下头，身体突然往右猛偏。他又抬了抬手，身体就往左偏了。这实在太令人震惊了，可偏偏又发生得那么自然。

其他海鞘也都在适应他们的新脚蹼，尽管他们不能像特里斯坦那样迅速掌握要领，轻松适应海里的环境。姗姆游得还不错，不过她的速度没特里斯坦那么快，而且不太会拐弯。露西娜的蹼很薄，她在水里慢吞吞地游着，十分尴尬。她好几次撞到姗姆，却反过来责怪姗姆撞到了她。双胞胎朱丽和吉莉安则在原地绕小圈。她们似乎很擅长控制，速度却很慢。瑞德速度很快，却不善于控制。他撞到了吉莉安，还差点撞到特里斯坦，撞上码头，甚至撞到刀疤脸。不过，瑞德发现自己可以跳出水面。他用力踢水，加速前进，然后抬起头和肩膀。这个动作把他笔直地推向空中。他第一次跳跃时，尽管跳得很高，但落水姿势非常糟糕，脸朝下摔在水面上。第二次试跳时，虽然高度差了些，可落水姿势好多了，没有摔得那么疼。突然，码头上传来了一声尖利的哨响，他们都朝那个方向望去。

"很棒的开始，都回来吧。"弗雷德教练喊道。

快游到码头时，瑞德从水里跳了出来。显然，他想落在弗雷德

教练身边，以获得教练的赞赏，同时在其他人面前炫耀一番。尽管瑞德的落地姿势还行，但他起跳速度太快，用的劲也太大了。在落地之后，立刻失去了平衡。他挥舞着双手，摇摇晃晃地往后倒去，结果尴尬地一头栽进码头另一侧的水里。

"很棒的尝试，琼斯。这是我十分推崇的精神，挑战极限，勇于冒险。"

"呃，是的，就是这样。"瑞德从水里爬出来，羞怯地回答道。

"海鞘们，训练还有大约十五分钟结束，这次你们可以游得稍微远一些。如果你们看到刀疤脸或者海豚图莎的话，也可以跟他们互动一下。我想图莎应该也在附近。另外，请仔细观察周围的环境，不要老撞到别人。"

"你感觉如何？"姗姆问特里斯坦，"我觉得实在太酷了！跟我之前想象的完全不一样。你能相信吗？我刚才和海豚一起游泳！你游得可真快。哦，谁知道……"

特里斯坦站在水里，默默地看着姗姆。姗姆一停下来，他就笑了："非常酷，简直酷毙了！我完全无法相信，自己也可能擅长某项运动。我第一次意识到这一点。"

特里斯坦朝休的方向看过去。刚才他实在太激动，完全忘记了自己下铺的新兄弟。休闷闷不乐地坐在码头上，亨利待在他身边。特里斯坦看到，鹈鹕亨利往休身边挪了挪，然后用嘴去啄休，想跟他嬉闹。休往后躲了一下，试图避开这只烦人的大鸟。可亨利不但

紧跟着他，还啄了他一下。休快步往后逃去，差点摔下码头。从休脸上的表情来判断，他好像明白了什么。他站了起来，围着亨利走了一圈，又在老地方坐了下来。鸟儿拍拍翅膀，在休身边坐下，靠得更近了，这次休并没有拒绝。教练朝休走过去，坐在休和亨利旁边，小声地跟休聊天。

姗姆也看到了这一幕。她转身对特里斯坦说："没事的，再给他一点时间。我们去看看，能不能找到海豚。"

他们俩跳进水里，一起游走了。他们游得很快，似乎毫不费劲地穿越了潟湖。特里斯坦故意减低踢水的频率，好让姗姆能跟上自己。他们俩时不时地抬起头来换气，顺便观察周围的情况。令人意外的是，即使没有戴游泳镜，他们俩依然能清晰地看到水下的情况，不过还是很容易转错方向。

瑞德正在练习跳跃动作，同时也不忘炫耀自己的进步。有那么一次，他甚至和刀疤脸并肩跳了起来。露西娜和双胞胎在离码头很近的地方游着。她不停地撞到双胞胎，还生气地指责她们，但事实上双胞胎已经竭力在躲避她了。露西娜还不断摇晃双手，好像她能把手指间的蹼甩掉一样。

这时，特里斯坦和姗姆听到左边传来嘀嗒声。他们循声望去，一头海豚出现在他们附近，它正一动不动地盯着他们看。特里斯坦意识到，它一定是弗雷德教练口中的另一条海豚——图莎。姗姆用手肘轻轻撞了特里斯坦一下，然后他们俩一起朝图莎游去。海豚轻

轻把头一歪，特里斯坦和姗姆立刻就明白了，海豚在示意他们往那个方向游。图莎慢慢摆动尾巴，这样两个孩子才能在它身边一起游。海豚浮出了水面，它的气孔里喷出一道水柱。特里斯坦和姗姆把头仰起来，换了一口气。海豚沉到水下，特里斯坦和姗姆也沉了下去跟在海豚身后，但这头庞然大物突然消失了。两个孩子转过身，试图寻找图莎，但哪儿都找不到。几秒钟之后，有什么东西抓了一下特里斯坦的脚，吓得他差点从水里跳出来。原来是图莎。特里斯坦发誓，他当时看到图莎正在笑。图莎盘旋着游向水面，然后转过身看着两个孩子。特里斯坦和姗姆也模仿海豚的动作，扭动着身子浮上水面，海豚正好游在他们俩中间。它头一伸，特里斯坦和姗姆就跟着它向前游去。不一会儿，刀疤脸也加入了他们的队伍，他们四个一起上浮下沉，一起翻滚，一起穿越潟湖。当海豚们停下来的时候，他们也正好回到了码头。

特里斯坦和其他新营员一早上都沉浸在训练中，根本没人注意到，有一架直升机从海洋夏令营悄悄起飞了。直升机轰隆作响，上方的螺旋桨快速转动着。戴维斯主管站在螺旋桨刮起的狂风中，挥了挥手。洁德、罗斯蒂、洛里和飞行员也向他挥手告别。

戴维斯主管回到办公室，在电脑上点开了跟踪软件。一个一闪一闪的红点穿过了佛罗里达海峡。信号显示，直升机正往巴哈马群岛飞去。他用无线电通话设备联系了工作伙伴，询问了新营员们的训练情况，然后又询问了入口处的工作人员，看看某个不受欢迎的

访客是否已经到达。最后他打电话给巴哈马群岛的联络人，确认是否一切已经准备就绪。这样等营员们一到达，就能开始搜查工作。主管再三强调，必须保证营员们的安全。

6. 和章鱼的礼貌对话

午餐后，特里斯坦、姗姆和休穿过公园，前往康复中心，准备上桑切斯女士下午的课。他们都背着弗雷德教练发的海洋夏令营背包。特里斯坦和姗姆愉快地交谈着，还时不时把手伸进背包的外口袋，拿出海洋夏令营的特制水喝上几口。他们俩对于自己的新能力和刚长出来的蹼兴奋不已。他们还发现，离开海水后没几分钟，他们的蹼就消失了。特里斯坦今天也特别高兴，因为这是他人生中第一次意识到，自己也擅长某一项运动。然而，休看起来并没有那么开心。

"开心点，他们不是说了吗？有些人的天赋会显现得比较慢。"特里斯坦说道。

"是的，而且根本没人在意你刚才有没有游泳。"姗姆补充道。

"对。"休喃喃自语道。

"别不开心了。"特里斯坦对他说道,"吃午饭的时候,我不小心绊了一跤,整个人摔到了教练身上,你当时看到他脸上的表情了吗?我的土豆泥掉在他脚上。吧嗒!把他整双脚都弄脏了。他肯定特想掏出那把闪闪发亮的三叉钩,砸在我脑袋上。"

休的脸上露出了一丝笑容。

不一会儿,他们就走到了康复中心的游客入口处。因为时间尚早,佛罗里达群岛海洋公园里到处都是游客。作为"特殊"夏令营的成员,他们被告知可以走另外一条狭窄的小径。沿着小径,穿过茂密的树林,就能到达一个更隐秘的边门。

一路上他们发现,小径两旁的树上挂满了毛茸茸的灰色花朵。

"说到土豆……"姗姆说道,"那是什么的味道?说真的,闻起来很像土豆泥。"

休把鼻子凑近树上的一朵花:"是树的味道。"

特里斯坦试着推了推入口处的门,门是锁着的。他说:"我们得等人来开门,不过也许这扇门也会像丛林墙一样认出我们。"

这时,休注意到门边上有一块手掌大小的电子屏幕。他把自己的手掌放了上去。一道亮光往屏幕下方滚动。几秒钟之后,他们听到了门锁打开的声音。

"真不错!"休在进门的时候说道。

他们听到门里面有说话的声音,于是跟着声音往前走。穿过一

条短短的走廊之后，他们看到了双胞胎和桑切斯女士。桑切斯女士下身穿着一条紧身的藏青色短裤，上身穿着一件藏青色的上衣，衣服的正面印着鲨鱼和波浪的标志。衣服的反光打在她的头发上，给她灰白色的短直发染上了一点蓝色，倒是和她深色的眼镜更相配了。特里斯坦看着她，不由得想到了巨大的蓝色棒冰。

"再多等一会儿，其他人还没到。"桑切斯女士说道，"你们早上的课上得怎么样？"

"太棒了。"特里斯坦说道。

其他人还没来得及回答，就被门口传来的砰砰砰的敲门声打断了。

桑切斯女士翻了个白眼，然后看着特里斯坦说道："你能去开门，让你的队友们进来吗？谢谢。"

特里斯坦转身去开门。瑞德和露西娜拍得实在太用力了，差点砸在特里斯坦脸上。

"嘿，小心点，是我。"

"你来得正是时候，谁把门关了？"露西娜骂道，"还有那股臭味是什么？"

特里斯坦把他们带到桑切斯女士身边，并向他们解释了臭味来自路边的树和掌印扫描的事。

"你们应该提前告诉我们门锁了。"露西娜咆哮道。

桑切斯女士平静地看着她："有时候，得靠自己琢磨，这才对

你们有好处。"

"欢迎大家来到康复中心。"她继续说道,"这里很适合你们进行交流训练,而且你们在这里能了解更多关于海洋夏令营的事。你们在公园里看到的大部分动物,要么是被救回来的,要么一出生就被关了起来。有些获救的动物已经无法适应野外生活,所以我们只能把它们养在康复中心,悉心照料。而一出生就被关起来的动物,根本不具备野外生存能力。我们会把它们留在这里,或者送到其他水族馆,但我们必须确定它们在那些水族馆里会得到很好的照顾。接下去,让我们来看看生活在康复中心的动物们。"

桑切斯女士带他们走进隔壁的房间,里面摆满了玻璃鱼缸。"进门之前,请先在门口的垫子上把鞋底蹭干净。另外,千万别把手放进鱼缸里,以防把水弄脏,除非你洗过手。"

一进门,特里斯坦就迫不及待地想看看鱼缸里装的是什么。但隔着一段距离,他根本无法看清楚,只能听到水流和气泡的声音。一个目光呆滞的男孩走到鱼缸边,他瘦骨嶙峋、脸色苍白,鼻梁上架着一副眼镜。特里斯坦心想,他要么是色盲,要么完全不懂时尚,否则怎么会上身穿红绿条子的 T 恤衫,下身配紫色格子短裤!更要命的是,脚上还穿着一双亮黄色的橡胶鞋。

"他是马克,我们实验室的技术人员,专门管理海水系统。嘿,马克,如果你愿意的话,请给他们讲讲和这个系统相关的知识。"

"桑切斯女士,你好,孩子们,你们好。这是一个非常复杂的

网络系统，完全由电脑控制。系统内部安装了十分严密的防火墙，并做了多重备份。"

"请用简单的语言解释。"桑切斯女士打断道。

"好的，大概的意思就是，我们从潟湖里把海水抽进来，进行过滤、检测，然后输送到公园里不同区域，当然也包括康复中心。每天，我们都会提前设定好几个不同的区域，并对这些区域的水质进行多次测试，确保水的参数正确，比如温度、含盐量和纯净度等。"

"好的，谢谢，马克。"

休举起了手："如果停电了，会对海水系统有影响吗？"

"问得好，孩子。我们有备用发电机以防万一。"

"那如果电脑崩溃了呢？"休问道。

"我们有好几台备用电脑。如果你感兴趣的话，改天我带你参观一下。"马克建议道。

休点了点头。

"好了，下面让我们来看看这里的病人。"桑切斯女士说道。她朝不远处的一张桌子走去，桌子上放着一个大约三英尺长两英尺宽的玻璃鱼缸。

鱼缸的底部铺着沙子，种着一丛丛海藻。海藻的叶子顺着从鱼缸底部不断涌上来的细小水流往上摆动，像极了一把把柠檬绿的意大利细面。十来只茶托大小的甲壳类动物栖息在海藻丛里。它们长

着扇形的壳，上面布满凹槽。此刻，它们正紧紧地把两片壳闭合在一起。

"这些是扇贝，你们很可能从来没见过活的扇贝。"桑切斯女士对他们说。

一个扇贝突然从鱼缸底部浮了起来，它疯狂地扇动两片壳，就像一个发了疯的订书机，拼命重复订东西的动作。当它扇动壳的时候，还会发出非常轻微的敲击声。不一会儿，它拍打的频率慢了下来，又重新沉到沙子上。紧接着，另外两个扇贝跳了起来，它们也疯狂地拍打自己的壳，然后又沉下去，躺在沙子上。

"它们怎么了？"姗姆问道。

"哦，它们见到我们很激动……想向我们展示泳技。"桑切斯女士回答道。

"原来贝壳类动物也能游泳。"特里斯坦说道。

"大部分都能，只有蛤蜊和河蚌不行。扇贝的爆发力惊人，但游不了多远。其实这只是它遭到攻击时用来逃跑的手段而已。"

"它们怎么知道我们在这里？"姗姆问道。

"是这样的，请大家过来仔细观察。你们可以在扇贝的贝壳边缘看到一排亮蓝色的点，它们就像一排闪闪发亮的珠子。这些就是扇贝的眼睛。"

"整排都是眼睛吗？"

"是的，扇贝大约有五十只眼睛。有些种类甚至多达一百只。

不过它们看东西的方式和我们不一样，扇贝们可以感知到光线强度或者角度的变化。当我们走动时，会在鱼缸上投下阴影，它们也就知道我们的位置了。"

"它们为什么会在这里？"姗姆问道。

"你们是否注意到，有几个扇贝和其他的不太一样？"桑切斯女士并没有直接回答姗姆的问题。

海鞘们围在鱼缸边上，仔细地观察。

"是的。"瑞德说道，"这个扇贝有一片壳好像碎了，而且它的壳是蓝色的。"

"说得很对。"桑切斯女士绕着鱼缸走了一圈，以便更好地观察，然后接着说，"这姑娘很不走运，它重重地撞到了一块岩石上，把自己的贝壳撞碎了。我们觉得它五十只眼睛全都远视。因为它时不时就会撞到鱼缸壁上，或者和其他扇贝撞在一起。那次意外之后，我们就把它送到了这里。当时拯救它的唯一方式，就是帮它换个壳。"

"为什么它的壳是蓝色的？"特里斯坦问道。

桑切斯女士咯咯笑了起来："是这样的，它在扇贝里，大小算个明星。当它得知我们会帮它换壳时，坚持要换一个和它的眼睛同色的壳。"

"呃，它是通过什么方式告诉你们，它想换一个蓝色的壳的？"

"拥有强大交流基因的人能够感知海洋生物的想法。但是众所

周知，贝壳类动物沉默寡言，喜欢把自己藏在壳里。所以想要知道扇贝或者其他贝壳类动物在想什么，需要勤加练习，更好地开发交流潜能。

营员们都吃惊地盯着桑切斯女士。

"我知道，我知道。我的笑话就跟主管的笑话一样烂。我只是一时没忍住。你们可以先尝试和一些简单的动物交流。一段时间之后，也许某些人就能了解扇贝的心思了。不过扇贝确实是个大难题，我自己就用了好多年才成功。"

"为什么鱼缸里有这么多扇贝？其他扇贝也受伤了吗？"姗姆问道。

"你在生病时，愿意和家人朋友分离吗？"桑切斯女士一边说，一边走向邻近的鱼缸，"有谁知道这是什么吗？"

所有人都跟了过来，他们好奇地盯着玻璃鱼缸里的东西。这个鱼缸底部也铺着沙子，种着水草。不同的是，有一根大约六英寸①长的塑料管在水底缓慢移动。特里斯坦凑近了些，想看得更仔细。一只长得很像鼻涕虫的东西藏在塑料管里，拖着管子移动。雨过天晴之后，特里斯坦曾在妈妈的花园里见过鼻涕虫，只不过这个家伙比普通的鼻涕虫要大上一百倍，仿佛经历了基因突变。它的肉茎上长着两只畸形的黄眼睛，眼睛中间长着一个棕色的、布满斑点的

---

① 英寸：英制长度单位，1 英寸 = 2.54 厘米。

鼻子。

"没有壳，确实很难辨认出这是什么动物。"桑切斯女士说道，"这是一只大凤螺，它的壳被人活生生地剥掉了。有人把它放在市场上售卖，我们发现后，就把它救了回来。现在它暂时寄居在这根PVC管子里，之后我们会为它换一个新壳。"

"沙子和水草上那些黏糊糊的东西是什么？"一条条细细的透明黏液从玻璃鱼缸的四个面上滴下来，沙子上也到处是这种细条状的黏液，就好像某种动物拖着尾巴从上面爬过时留下的痕迹。

"海螺能分泌大量的黏液，它们用黏液保护自己、移动以及吸引潜在的配偶。我们有营员能制造这种黏液。"

"恶心死了！我可不希望自己具备这种技能。"姗姆说道。

大家在看大凤螺的时候，瑞德独自走开了。此刻，他正在轻轻敲打房间里的一个鱼缸。与其说它是一个鱼缸，不如说它是一幢为海洋生物准备的综合性公寓。事实上，它是由好几个不同尺寸的鱼缸组成的，鱼缸和鱼缸之间由透明的管子连接起来。在这排鱼缸的一侧，有一个圆柱形的玻璃塔连着上方的另一排鱼缸。鱼缸里有海藻、石块、玻璃罐和各式各样的塑料玩具，包括一个彩色魔方——每一面都是不同颜色。

"请不要敲玻璃，琼斯先生。"桑切斯女士走到鱼缸前面，说道，"你睡觉的时候，如果有人一直敲你卧室的窗户，你会怎么想？该死的，简直太烦人了。如果是我的话，我会这么想。"

瑞德耸耸肩说:"里面是什么?"

"这里面住的是'六臂'老杰克。对于章鱼来说,它已经算高龄了。它大约三岁。对于大多数无脊椎动物来说,这个年纪也算长寿了。它和一条海鳝发生了争斗,在这个过程中,失去了两条手臂。不幸的是,这两条手臂没有变回原来的样子。因此我们决定为老杰克提供一个漂亮的住处,让它能记起往昔美好的岁月,实际上类似于章鱼养老院。此外,它还会教我们伪装技巧,告诉你们如何与海洋生物交流以及如何在海底拥有正确的言行举止。"

"它在哪儿呢?"露西娜问道,"你确定它在里面吗?"

"狡猾的老杰克就在那里。章鱼是一种特别聪明的生物,海洋里的高智商物种。章鱼的脑部远远大于身体,这是在所有无脊椎动物中绝无仅有的。它们还是出色的柔术专家,能挤进或者挤过任何空间,就像真正的海底魔术大师胡迪尼①一样。"

"它在这里!"休指着鱼缸角落里的一个泡菜坛说道。

特里斯坦赶紧跑了过去。他看到确实有一只巨大的章鱼缩在坛子里,它正瞪着一只大眼睛盯着他们看。它先慢慢伸出一条长手臂,然后扭动着其他手臂从坛子里出来了,接下来露出了章鱼的脑袋——和身体相比,它的头实在太大了,简直跟足球一样。老杰克

---

① 胡迪尼:哈里·胡迪尼,20世纪初,美国著名魔术大师。他以不可思议的脱逃术名噪一时,同时也是以魔术方法戳穿所谓"灵通术"的反伪科学先驱。

盯着休看了一会儿，然后用六只手臂站了起来，它大摇大摆地往鱼缸的另一侧走去，像极了一个昂首挺胸、准备参加决斗的枪手。

海鞘们围在一起，目瞪口呆地看着章鱼卖弄才华。休跟着六臂章鱼往前走，他的目光始终没有离开章鱼的大眼睛。老杰克停了下来，转过身面对休，一道五颜六色的彩虹突然扫过它浅褐色的身体，它仿佛变成了一团挂在天边的五彩云朵。休轻轻地举起手，放在鱼缸壁上。不一会儿，老杰克变成了休手掌的模样，不仅颜色形状一致，甚至连纹理都一模一样，所有人都震惊不已。休猛地抽回了手。章鱼也随之变回了原本的模样，不过全身上下变成了亮红色。

"非常好，也许我们刚才发现了你的天赋，休。"桑切斯女士拍拍他的肩膀说道。其他孩子呆呆地站着，吓得目瞪口呆。瑞德也学着休那样，把手放在鱼缸壁上，可章鱼完全无视他。

"章鱼和鱿鱼、乌贼一样，是一种非常神奇的生物。"桑切斯女士解释道，"它们不仅非常聪明，有极好的视力，还是世界上最出色的快速伪装专家。它们可以根据周围环境里的光线，快速改变身体的颜色，甚至比变色龙还快。它们利用伪装躲避捕食者，还能利用伪装进行交流，正如我们刚才所见。不知道你们是否注意到，刚才杰克皮肤上扫过的那道五彩波浪？"

所有人都点点头。

"这是它们的经典色，表示感兴趣或者准备攻击。在刚才的情

况下，我觉得是它对休很感兴趣。"

"那它为什么变成了红色？"休问道。

"那只是它在炫耀，海洋生物都以自己独特的技能为傲。"

这时，章鱼爬到了一块覆满海藻的石头上。几秒钟之后，它就从大家的视线里消失了。

"嘻，它去哪儿了？"露西娜问道。

"凑近点看，它就在石头上。"

章鱼变成了苍白色。它一直待在老地方，只不过完美地模仿了石头上海藻的颜色和质地。

"休，现在让我们来验证一下我的想法是否正确。到这里来，用这个瓶子里的海水洗一下手。"

休的脸色变得和章鱼的颜色一样苍白。

"别担心，休，你能做到。"特里斯坦低声说道。

"好的，现在请把你的手伸进老杰克的鱼缸。"桑切斯女士指导道。

"唔，章鱼的嘴不是很锐利，会把东西撕碎吗？会不会撕得骨肉分离？"休紧张地问道。

"是的，确实会，鱿鱼也会。但请相信我，你的手闻起来或者看起来根本不像章鱼会喜欢的食物。杰克不会咬你的，别害怕。"

露西娜把休往鱼缸边推了一把："拜托，别跟胆小鬼一样。"

休温柔地看着章鱼的眼睛，然后伸出几根手指，试着放进

水里。

"把整只手都放进去。"桑切斯女士鼓励道。

休颤抖着把手伸向鱼缸底部，指尖一直碰到了沙子。章鱼从岩石上跳了下来。

"别动，"桑切斯女士说道，"没事的。试着去想，你正在对杰克说：'你好，杰克，很高兴认识你。'它比较看重形式。"

休整个身子都在发抖。特里斯坦明白，他一定是鼓足了勇气，才没有把手缩回来。特里斯坦很怀疑，休现在是否还能考虑如何举止得体并和章鱼礼貌地对话。

章鱼缓缓地伸出两只手臂。它手臂的前端一碰到休的手指，身体就变成了棕色，还带着蓝色的圆形花点。休笑了。紧接着发生了一件令人匪夷所思的事情。休的手也变成了棕色，并带着蓝色的圆形花点。

"这是什么情况？"特里斯坦惊呼道。

休吓得往后跳了一步，把手缩了回来，然后他的手变回了正常的颜色。

"跟我预料的一样。"桑切斯女士说道，"看来你拥有两种特殊能力——伪装和交流。"

"我吗，是真的吗？"休说道，他的眼睛死死盯着自己的手。

"是的，有时候确实会有一个人同时拥有两种能力的情况。你必须多加训练，但我打赌，你在海里一定拥有非常强的模仿能力。

一进入海洋，你的皮肤就能变色，也许连纹理都能改变。"

"这实在太棒了！"特里斯坦对休说道。

"是的。"姗姆补充道。

"我也觉得。"休说道。

"你认为杰克在想什么？"桑切斯女士指着鱼缸里的章鱼向休问道。章鱼的一只手臂正伸出鱼缸，向休伸过来。

"我猜它是想让我把手放回鱼缸里。"

休深吸了一口气，再次把手伸进鱼缸。章鱼慢慢地向他爬去，一道灰色的波浪扫过它的身体。休的手上也扫过一道黑影。他把掌心朝上，张开了手指。章鱼爬到了休的手上，它把六只手臂蜷曲起来，绕在休的前臂上。

"我，我碰到了它手臂上的吸盘，而且它在叫我放松。"

"很好，休。"桑切斯女士说道，"现在你脑子里冥想'再见'，告诉杰克你要走了，注意要用友好、礼貌的方式。"

休闭上眼睛，显然，他正在集中意志。杰克慢慢地放开了休的手臂，犹豫地向泡菜坛滑去。

"杰克，别担心，我们会回来的，尤其是休。"桑切斯女士说道，"哦，对了，临走之前，还有一件事。"

桑切斯女士低声对休说了什么。休笑了，他把手伸进杰克的另一个鱼缸，把魔方拿了出来。休把魔方随意扭动了几下，保证每一个面上都有不同的颜色，然后把魔方放了回去说："祝你好运。"

随后，桑切斯女士带着海鞘们在屋子里观察别的鱼缸，同时告诉他们鱼缸里住着哪些海洋生物，它们为什么会在这里。他们在一个鱼缸里，看到了两条白色条纹的橙色小丑鱼，还有一个海葵。它长着长长的橙色触角，但顶端有一点粉色。一条小丑鱼依偎在海葵的臂弯里，另一条则在鱼缸的一侧不安地游来游去。

"这是内森，它好像得了海葵恐惧症。这对小丑鱼来说，极不正常。它一出生，就很害怕海葵。但问题是，小丑鱼和海葵是共生关系，它们能保护彼此。海葵能用带刺的触手，保护小丑鱼免受捕食者的袭击。与此同时，小丑鱼能帮助海葵清洁身体。我们正在尝试家庭疗法。在海葵臂弯里的小丑鱼是内森的兄弟，它正在努力哄内森进去。"

在另一个鱼缸里，住着一条两英尺长的绿色海鳗。理论上，海鳗应该是细长形的，但它看起来更像一个巨大的柠檬绿沙滩球。桑切斯女士告诉营员们，这条海鳗患有暴食症，已经胖得没法再钻进自己的洞里。它现在正在节食，并且接受特殊的运动训练。接下去，她解释道，鱼缸的喷水口下方有一根棒。海鳗必须用牙齿咬住那根棒，逆着水流游。这就像是专门为海洋生物定制的跑步机。到目前为止，它已经减了半磅，但还要至少再减两磅才能把身体塞进它最喜欢的洞里。

然后，桑切斯女士走向另一个鱼缸。鱼缸里装着无数黑条纹小鱼，它们发疯似的到处乱蹿，不是撞到同伴身上就是撞到鱼缸壁

上。它们失去了领头人，无法一致行动。夏令营营员们正在鼓励其中一条站出来，接受重任。

接下去，海鞘们离开了放满玻璃鱼缸的房间，走到外面的房间。这里放着一个更大的圆形鱼缸，如同一个露出地面的小型游泳池。里面住着两只海龟，其中一只因为被渔线缠住了，导致它没法浮上水面呼吸，差点溺水身亡。它在这里吸了好几天高压氧，马上就可以回归野外了。另一只可能是被海藻缠住了。如今有毒的赤潮频发，导致海藻疯狂生长，可怜的小东西被冲上了岸。它很迷茫，根本分不清方向，还好这并不算大问题。尽管病情持续了一段时间，但它服用了抗生素，再加上好好休息，它的健康状况也在日益改善。

另一个小水池里，是一条得了白化病的鳐鱼：菱形，周身白色，拖着一条长尾巴。桑切斯女士告诉他们，这是一条斑点鹰鳐。一般而言，斑点鹰鳐背部是紫色的，有着白色的斑点。但是这个小可怜浸泡在被漂白剂污染的海水里，所以得了病。这全得怪那个男人，他用漂白剂清洁船只，完事之后把废水倒进了海里。明天，几个营员会用特殊的永久环保马克笔，把鹰鳐的背部涂成紫色，再画上白色的斑点。

在这个房间里，还放着另外几个圆形的鱼缸。一个丰满的陌生女人站在其中一个鱼缸边上。她梳着一根短辫子，鬈曲的黑发肆无忌惮地从辫子里冒出来。她穿着衬衫、短裤，围了条橡胶围裙。在

她面前有一张桌子，桌子上散落着鱼的各种器官和鱼的碎片。她正在把这些东西剁碎，放进搅拌机里。这时，一个鱼眼珠从桌上滚了下来，掉到地板上。

"哎哟！"露西娜尖叫道，她差点踩到这颗像弹珠一样的鱼眼珠。

"真酷！"瑞德揶揄道。

"你好，乔丹医生。现在是喂食时间吗？"桑切斯女士一边说一边弯下腰把鱼眼珠捡起来，扔进了搅拌机。

"嘿，孩子们。我刚才就听到你们在里面走来走去。"

"这是我们的兽医——乔丹医生，她负责照顾这里的动物，好让它们安全健康地成长，当然还有吃得好。大龅牙怎么样了？"

"你们自己来看。"乔丹医生说道。

海鞘们围到圆形鱼缸边上。当特里斯坦靠近鱼缸时，他突然有一种奇怪的感觉。尽管还没看到鱼缸里到底有什么，但他十分确定——那是一条鲨鱼。特里斯坦的脑子里闪过了各种鲨鱼的图片，他觉得里面住的应该是沙虎鲨。这条鲨鱼长着两个三角形的背鳍，尾鳍的上半部分特别长，它的头缩着，嘴巴向上翘起。但好像有什么地方不太对劲——特里斯坦看不到鲨鱼的牙齿。他在水族馆里和图片上见过的鲨鱼，全都长着锯状的锋利牙齿，它们长长的牙齿从下巴上伸出来，总让人感觉需要牙医帮忙好好整一下。

"这是沙虎鲨吗，桑切斯女士？"特里斯坦问道。

"对，特里斯坦。"她回答道。

"但是它的牙齿好像有点不对劲。"

"哦，你对鲨鱼了解得还挺多。"乔丹医生插话道，"之前，一个钩子卡在大龅牙的下巴上。我们要把钩子取下来，同时还要预防感染，唯一的办法就是把它的某些牙齿拔掉，并且把它下巴的一部分切掉。等它在这里休养一段时间后，我们就会给它换牙。"

"您的意思是，要给鲨鱼换牙？"休感到不可思议。

"对，完全正确。"兽医回答道，"我们会用黏合剂把假牙粘上去，不过它需要时间逐渐适应。尽管它的新牙没有旧牙那样锋利，但应该也够用了。"

话音未落，乔丹医生已经爬进了鱼缸。她的状态十分放松，对她而言，爬进装着鲨鱼的鱼缸，就像泡个热水澡那么简单。海鞘们十分震惊，特里斯坦也很吃惊，但更多的是被这一幕吸引了。他低头盯着水面，为了看得更仔细，他的鼻子都快碰到鱼缸里的水了。

"你愿意帮我一起喂吗？"医生向特里斯坦问道。

"呃……站在鱼缸里面，和鲨鱼待在一起吗？"

"反正你都和鲨鱼游过泳了。"露西娜挖苦道，"你肯定不会害怕，对吗？"

姗姆和休在特里斯坦身后对他点点头，以示鼓励。

"呃……好吧。"

"把凉鞋脱掉，然后把脚放进鱼缸边的水桶里洗洗干净。"

特里斯坦洗完脚后，紧张地爬进了鱼缸。"我能做到。"他对自己说道。其他营员则围成一圈，紧贴在鱼缸边。特里斯坦一动不动地盯着在兽医脚边慢慢游动的鲨鱼。突然，他听到脑袋里有个声音在回响：我连牙齿都没有，还算什么鲨鱼？

你是一条非常美丽的鲨鱼，特里斯坦想道。

"美丽，啊哈！我是条鲨鱼，又不是神仙鱼。我要的是凶猛，而不是什么美丽。"

特里斯坦大声笑了起来。所有人都怪异地盯着他。他这才意识到，也许在别人眼里，他就是个疯子，因为只有疯子才会站在鲨鱼池里大笑。

特里斯坦转过身，对乔丹医生说道："它说，它没有牙齿，不是真正的鲨鱼。"

"我们会把你治好的，别担心。"乔丹医生向鲨鱼保证道，"桑切斯女士，请帮我把我刚才搅拌好的美味的鱼沙冰递给特里斯坦，就在那个运动水瓶里。特里斯坦，你走到这里来，帮我一起喂这家伙。"

鲨鱼绕着鱼缸内壁，慢慢地游动着。对特里斯坦而言，和鲨鱼一起游泳是一回事，和鲨鱼待在同一个水池里并且知道它在想什么，也没什么可怕的。但现在要给它喂食，这就意味着要把手伸到鲨鱼嘴边。

"我没牙齿，兄弟，你肯定属于人类里比较笨的，对吗？"

特里斯坦从桑切斯女士手里接过鱼沙冰，然后不知所措地看着兽医。

"好的，我把它抱住。你只要把我特制的新鲜鱼沙冰挤进去就行了。"

尽管特里斯坦对自己重复了很多次"这条鲨鱼没有牙齿"，但他的双手还是情不自禁地发抖。他弯下身子，握着运动水瓶，把颤抖的手靠近鲨鱼的嘴。特里斯坦看到鲨鱼一直盯着他的手。他吓了一跳，赶紧挤了一下瓶子。但他挤得太快了，一滴鱼沙冰落到了鲨鱼的脸上。大龅牙转过头，看着特里斯坦："干得不错，笨蛋。"

特里斯坦把瓶子塞进鲨鱼的嘴里，用力地挤了一下，心想，这次怎么样，无牙先生？

"很好，再挤几下。"乔丹医生说道。

喂完鲨鱼后，特里斯坦从鱼缸里爬了出来。除了露西娜，其他营员都对他表示祝贺。特里斯坦对自己的表现也很满意，不过他能感受到，鲨鱼的情绪更加低落了。它正在想：我可真低微，我还算什么鲨鱼？

接着，新营员们往最后一个圆形鱼缸走去。离开的时候，特里斯坦默默地对大龅牙说了声"再见"，他真心希望兽医能为它换一副锋利的新牙齿。

在最后一个鱼缸里，住着一条年幼的巨头鲸。一个大营员正拿着一只巨大的奶瓶在喂它，奶瓶里装着一种脂肪含量非常高的奶

昔。他告诉桑切斯女士，想邀请几个新营员一起帮忙。姗姆和双胞胎积极地加入进去。喂完鲸鱼后，桑切斯女士告诉他们，在康复中心的隔壁有一个图书馆。她还说，晚饭前海鞘们可以自由活动。

大部分营员都选择去河里潜水或者去玩水滑道，但特里斯坦和姗姆决定回到潟湖。令人意外的是，他们还没来得及说服休，休就同意一起前往了。

7. 鲨鱼的请求

特里斯坦、休和姗姆从康复中心出来后，就往海鞘小屋走去。他们准备换上泳衣，去潟湖训练。当他们到达丛林墙的时候，看到天空中飘着朵朵乌云。特里斯坦和休专注地寻找着能开启丛林墙的海龟石，而姗姆则担忧地看着天空："伙伴们，天色越来越暗，好像要起风暴了。"

"只是午后的大风罢了。"特里斯坦回答道，他似乎一点都不担心，"每到夏天，佛罗里达州就会这样。"

"找到了。"休自豪地站在海龟形状的岩石上。

墙上的藤蔓开始慢慢移动，旁边的椰子树被狂风吹得沙沙作响，雨滴重重地砸在地面上。

"快，赶紧走！"姗姆催促道，"也许在下暴雨之前，我们还能

赶到宿舍。"

"真不用担心。"休说道，"这天根本不像会下倾盆大雨的样子。"

"哦，拜托，休，别说了，快走吧！"姍姆焦急地说道。话音未落，她就和休一起跳到海龟石上，紧接着又向墙里面的鱼形石跳过去。

休紧跟在姍姆身后，喋喋不休地说着这里从没下过倾盆大雨。特里斯坦跟在最后面。他全神贯注地低着头，因为首先他得确保自己不会摔倒，其次得尽可能动作快些。

相比之下，丛林墙里显得特别安静，既听不到风声，也没有雨滴落进来。但太阳被乌云遮住了，丛林墙里比往常暗得多。夜晚，当藤蔓移动时，自动感应灯会亮起来。但白天，为了省电，感应灯会熄灭。谢天谢地，特里斯坦还能在丛林墙里看到一丝绿光，尽管这绿光一闪一闪，看起来相当诡异。

姍姆已经走到了丛林墙的中心，但她突然停了下来，害得休差点撞上去。幸好休及时停下，并且成功挤到了姍姆所站的石头上。尽管他立刻转身去提醒特里斯坦，但为时已晚。特里斯坦已经朝他们跳过来，准备跨到下一块石头上。他和休头对头撞在一起。休的身体剧烈摇晃了几下，最后站住了。但特里斯坦可没那么走运，他倒在草丛里。

"嘿，你干吗停下来？"休摸着额头上鼓起的大包，向姍姆报

怨道。

"我找不到下一块石头了。"姗姆回答道，"快提醒我一下，它长什么样。"

"啊呀！别管那个了，快把我从这里弄出去。"特里斯坦喊道。这时候，草叶子就像墙上的藤蔓那样缓缓蠕动着。特里斯坦身上凡是接触到地面的部分，都被越长越高的草给包裹住了。他花了吃奶的力气，才把手掌和手臂拔出来。但他腰部以下，已经被长长的草叶子牢牢地固定在地面上。

休把手伸进口袋里，从里面掏出一个东西递给特里斯坦："这个，用这个，里面有一把小刀。我们不能从海洋生物石上走下来，否则也会被困住。"

特里斯坦十分吃惊，休扔给自己的竟是一个多功能工具，类似大尺寸的瑞士军刀，不过这也让他如释重负。很不幸，第一层是一把螺丝刀。在这种情况下，螺丝刀根本帮不上忙。他打开的第二个工具是放大镜，那就更派不上用场了。谢天谢地，特里斯坦第三次终于打开了小刀。他用小刀割断了很多草，逃了出来，然后迅速跳到刚才站的石头上。

"天哪，你们一定要提醒我，千万不能再犯同样的错误。"特里斯坦说道，"谢谢你，休。"

"不客气。"休低声回答道，"这个工具是我爸爸的。他以前总带在身边，他总是告诉我要'时刻做好准备'。不过，我一般只拿

它起东西，从来没用它躲避过草叶子的袭击。"

"哦，在那里，下一块石头在那里。"姗姆开心地说道。

"现在才找到。"特里斯坦对休说道。特里斯坦心里暗暗想，休的父亲是不是发生了什么意外。

当他们三个人成功地穿过丛林墙时，暴风雨已经过去了，天空中飘着小雨。

"我觉得，刚才能躲在丛林墙里也不错。"姗姆抬起头，看着逐渐转亮的天空说道。

"对你来说是这样的。"特里斯坦说道。他低头看着自己的腿，他的腿被锋利的草叶子割伤了，布满了细小的伤口，疼得厉害。

他们回到了各自的房间，换好泳装，朝潟湖走去。

特里斯坦、姗姆和休走到潟湖边的时候，看到水里已经有几个大营员在了。有人在练习游泳和跳水技能，其他人似乎在寻找海洋动物，进行交流训练。

"这里有一条黄貂鱼。"一个男孩叫起来，"我觉得它在抱怨背疼，它的脊椎一定是出了问题。"

"乔治，黄貂鱼没有脊椎只有软骨，跟鲨鱼一样。"另一个男孩说道，"他更可能是在说，让你离它远点，否则它就用尾巴上的钩子戳你，疼死你。"

"哦，也许你说得对。"乔治说道。他摸摸头，往后退了几步。"嘻，再看看那只鸬鹚在想什么。"他指着近处一只瘦弱的黑褐色的

鸟说道。这只鸟长着黄色的嘴，脖子又细又长，上面的食囊不停地蠕动着，看起来非常别扭。"我觉得它吞了一条很大的鱼，噎住了。我知道该怎么办。"

"你知道？"

"是的，我知道。就像乔丹医生教我们的那样——海姆立克氏操作法！"

当男孩向那只鸟移动时，鸟儿发疯似的摇了摇自己的头和脖子，然后钻进了水里。

"嘿，它去哪儿了？"乔治朝四周环顾了一圈说道。

"我想，肯定是它听到你说要替它治疗，吓跑了。"另一个孩子笑着说道，"我知道你的梦想是成为兽医，但也许你应该去治疗康复中心的那些动物。"

鸬鹚突然出现在距离两个男孩几英尺远的地方。它脖子中间的突起已经消失了。它盯着乔治看了一会儿，特里斯坦觉得它眼神里带着极大的满足，不过很可能那根本不是极大的满足，而是极大的宽慰。后来，两个男孩游走了，继续去寻找其他需要乔治"救治"的动物。

特里斯坦看看休和姗姆，大笑起来："我猜也许不是所有人都擅长跟动物交流。"

他们拿出随身携带的瓶子，大口地喝着瓶子里粉色的特制水。休酸得忍不住做了一个鬼脸，别人还以为他刚吃了一个柠檬。

特里斯坦笑了起来："味道也没那么差。"

休的身体颤抖了一下，然后摇摇头："我需要慢慢适应，我的味蕾实在太挑剔了。"

姗姆和特里斯坦白了休一眼，接着又咯咯笑了起来。他们俩往沙滩走去，一直走进海水里。休迟疑地跟在后面。

"哎哟！"特里斯坦一边喊，一边从水里冲了出来，跑到了岸上，"伤口碰到海水，太痛了。哇哦！"他低头看看自己的腿。

"怎么了？"姗姆问道。

"伤口……不见了。"

"什么？"休说道。

"这不可能。"姗姆补充道，她和休都跑过来看特里斯坦的脚。

"真的，我没开玩笑。我还以为长出鸭子的脚蹼已经算是异想天开了。快看，伤口真的快愈合了。"

"你要知道，海洋里的一些动物如果失去了身体的某部分，还能使这部分重新长出来。"休指出。

"哦，是的。"姗姆表示赞同，"比如，海星的断臂也能重新生长。"

"我在想，如果砍掉你的一只手臂，不知道还能不能长出新的。"休一脸认真地考虑着。

"这个想法很好。"姗姆摇着头说道。

"呃，我可没兴趣知道。"特里斯坦说道，"我在想，我们的皮

肤现在是否都有自动愈合的功能。"

休拾起一块尖石头，在手背上划了一下。"让我们来验证一下。"他径直走进潟湖，特里斯坦和休紧紧跟在他身后。休把手放进水里，红色伤口周围的皮肤模糊了。不一会儿，红肿消退了，伤口也消失了。

"看来也许我们都有这种技能。"

"看，休，你现在站在潟湖里，一点事都没有。"特里斯坦说道。

"我猜可能是因为我刚才没去想水里有什么，所以事情就变得简单多了。"

"让我们再去找找，看有什么东西能让你模仿，顺便提高你的游泳技能。"特里斯坦建议道。

但特里斯坦能看得出来，休还是很紧张："也许我们应该先在上面漂一会儿，就跟今天早上一样。"

特里斯坦和姗姆陪休走到水更深的地方。他们三个人一起往后躺下去，休还是表现得很不安。

"只要放松身体，慢慢呼吸就行。"姗姆说道。

几分钟后，他们站了起来，看了看自己的手。当然，他们的手指间都长出了蹼。休仔细地研究起自己的手，仿佛一位科学家正在检查一个新物种。他抬起一只脚，想更近地观察脚趾间长出的皮肤，但差点失去平衡摔进水里。

在特里斯坦和姗姆的耐心指导下，休在潟湖里慢慢地游动，但始终待在近岸的浅水里。他们看到休已经能连续游很长距离，不需要时不时站起来换气了，于是他们俩也开始各自训练。

特里斯坦在水底发现，白色的沙子上有一条狭窄的弯弯曲曲的痕迹，好像是某种小生物没法笔直地往前爬，或者不停地在错误的地方转弯时留下的。他很理解这种情况，因为当他自己在水底游泳时，也很难保持直线运动，更无法准确判断自己所处的位置。因为水底下没有双黄线，也没有路牌。特里斯坦顺着沙子上的痕迹往前游，发现了一只大凤螺宝宝。它的壳大约有两英寸长，眼睛长在白色的肉茎上，从壳下面探出来。特里斯坦停了下来，他努力集中精力，却完全感应不到这只大凤螺宝宝的想法。他往下潜了一点，希望看得更清楚，但大凤螺宝宝紧张地缩回了壳里。特里斯坦决定不给它压力，让这个焦虑的小家伙回到刚才的状态，自在地在沙子上爬来爬去。特里斯坦看到不远处有几丛茂盛的海藻，于是他往那边游去。这片海草里看起来并没有任何生物，可当特里斯坦在海草上方静静地游了一会儿之后，他发现很多小鱼在海草的叶子中间快速地穿梭，还有一些小螃蟹在沙子上疾跑。他还看到一个南瓜色的海星栖息在海草丛里。海星表面凹凸不平，但是体型惊人，足有餐盘那么大。这应该算是特里斯坦见过的最大的海星。特里斯坦离开海底草地，往更深的地方潜下去。

海星边上有一只四英寸长的黄色海马。海马卷着尾巴，绕在一

根海草上，就像猴子盘在树枝上。特里斯坦仔细观察了这个奇特的生物。它的口鼻和马的口鼻长得一样，只是更小而已。腹部是圆的，身体的每个侧面都长着透明的小鱼鳍。这些小鱼鳍在水里随波摆动。当特里斯坦移动身体时，海马的眼睛像轨迹球一样奇怪地转动着，始终盯着他。特里斯坦也盯着海马看，突然，海马变成了杂绿色，和周围的海草融在一起。

特里斯坦浮到水面上，呼唤休和姗姆过来。两个小营员朝他游了过去。

姗姆看到海马披上了伪装色，对休说道："你试试模仿海马变色。"

"好的，我想我应该可以。但我不知道该怎么做。我应该先跟海马交流还是脑子里只想着变色？或者在变色之前，我必须盯着海马的颜色看？我是不是应该先试个颜色，就像印刷工一样？我的意思是……"

"你怎么也开始学我了？"姗姆大笑起来。

"潜到水里，再看看会发生什么。"特里斯坦建议道。

休犹豫不决，他的脑子里似乎还在思考到底哪个才是最佳方案。他还在不停地环顾四周，显然，他很担心身旁会出现别的生物。

"加油，试一下。"特里斯坦催促道。

休潜到水里，凝视着海马。海马也凝视着他，它的眼睛又开始

奇怪地旋转。特里斯坦和姗姆也潜进了水里，想知道事情的进展。

返回水面后，特里斯坦问道："到底发生了什么？"

"这话什么意思？你不是都看到了吗？什么也没发生。"休回答道。

"再试一次。"姗姆鼓励道，"也许你得用手触碰它，就像对章鱼那样。"

休又潜了下去。这次他轻轻地伸出一只手，去抚摸海马。当他的指尖靠近海马时，他手掌和手臂的颜色就开始变色，最后竟变成了和海马一样的杂绿色。

当他们再次回到水面上时，姗姆说："你做到了！"

休看到自己的手已经恢复正常，他说："是的，我想我确实成功了。"

在接下去的半个小时里，他们各自练习水下技能。休聚精会神地尝试与海马和海星交流，同时也训练自己四肢变色。但事实上，每次变色都只能持续几秒钟。姗姆和特里斯坦在休附近练习游泳，还试图和一只栖息在海草丛里的红螃蟹进行交流。突然，姗姆毫无征兆地站了起来，她环顾四周，脸上的表情非常怪异。

特里斯坦也站了起来："嘿，怎么了？"

"我刚才有一种很奇怪的感觉，好像有什么东西朝这个方向来了。也许是海豚，我好像听到了声音。"

"我什么都没听到。"特里斯坦一边说，一边朝四周望望，以确

认刀疤脸和图莎是不是在附近。

姗姆把头偏向一侧浸到水里，仔细倾听着。接着她发出了嘀嗒声，就像海豚在水下利用回声定位时发出的声音一样。不一会儿，她张开眼睛，抬起头，晃晃脑袋，似乎想把耳朵里的水倒出来。然后她又把头浸到水里，再次发出了嘀嗒声。

"哦，天哪！"姗姆一抬起头，就大声喊道。

"怎么了？"特里斯坦问道，休也急忙冲了过来。

"简直难以置信。"姗姆说道。

"什么事情让你难以置信？"休问道，"发生了什么？"

"不知道。"特里斯坦望着姗姆，回答道。

"你们肯定不会相信。"姗姆对他们说。

"那是绝对的，如果你不告诉我们发生了什么的话。"特里斯坦回答道，"什么事情我们不会相信？"

"我……我觉得我能用回声定位。"

"什么？"两个男孩异口同声地问道。

"而且我们马上有客人到了。"姗姆说着朝海水深处望去。

"什么样的客人？"休紧张地问道。

"呃，长着尖尖背鳍的那种。"姗姆说道。

"哦，你的意思是海豚？"休长舒了一口气说道。

"不，她的意思是那种。"特里斯坦说道。水面上露出三个黑色的背鳍，它们正朝孩子们疾驰而来。

三个孩子挤成了一团。

"我们该怎么办?"休问特里斯坦,他已经处在崩溃的边缘。

"我怎么知道?"

"你能和鲨鱼交流。"姗姆说道。

"哦,对,好的,别害怕。"特里斯坦说道,同时他也在心里这样安慰自己。

"这句话确实很安慰人。"休讽刺地说道。

三条鲨鱼兵分两路,潜到水下。两条往三个人左边游,一条往右边游。特里斯坦潜入水中。三条鲨鱼全身光滑,背部呈柠檬棕色,腹部白色,嘴里的牙齿不算特别锋利,眼睛又黑又圆。"集中注意力,保持镇定。"特里斯坦对自己说。特里斯坦其实并不清楚该如何跟鲨鱼交流,但他突然有一种奇特的感觉,他把头浮出水面换了一口气。

"那么,鲨鱼男孩,现在情况如何?"姗姆问道。

"等等,它们是柠檬鲨,我觉得它们想告诉我们一些信息。"

"好的,记得告诉它们,我们的味道很不好。我中午刚吃了沙拉,它们讨厌沙拉。"休说道。

"它们不想吃我们。"特里斯坦回答道,"它们是想告诉我们一条消息。"

"好的,这真是个好消息。"姗姆说道,"什么消息?"

特里斯坦又潜到水里,全神贯注地倾听鲨鱼。最大的那条鲨鱼

有大约五英尺长。它靠近孩子们，围着他们转了几圈。当鲨鱼贴着他们的身体游过时，休吓得差点爬到姗姆的背上。

特里斯坦浮出水面，吸了一口气："在巴哈马群岛，发生了一些事……不好的事。"他马上又从姗姆和休身边游走了，他双脚用力踢水，为的是能跟上最大的鲨鱼。其余两条鲨鱼跟在大鲨鱼后面。特里斯坦和鲨鱼们一游走，姗姆和休就急忙跑回沙滩上。显然，在特里斯坦和鲨鱼们聊天的时候，姗姆和休更乐意站在岸上等。几分钟之后，特里斯坦从水里站了起来，跑向岸边。

"它们……想让我们……通知戴维斯主管。"特里斯坦上气不接下气地说道。

"关于什么？"休问道。

"你们还记得今天早上，我们听到戴维斯主管他们在谈论鲨鱼被屠杀、被割鳍的事情吗？"

"是的。"休和姗姆说道。

"鲨鱼们特地来告诉我们，它们失去了很多兄弟姐妹。它们十分希望夏令营能阻止这场屠杀。"

"什么意思？这里只是夏令营。好吧，虽然是一个很奇怪、很诡异的夏令营，但毕竟只是个夏令营而已。"休说道。

"它们还说，有一头鲨鱼看到船的一侧有个红色的大东西，之后这头鲨鱼就不幸身亡。那些坏人还割掉了它的鳍。"

"哦，这太糟糕了。"姗姆说道。

"是的，那些人真是疯了，千万不要靠近那艘船。"特里斯坦补充道，"我们应该怎么做？"

"我觉得我们最好马上去找戴维斯主管，把这件事告诉他。"姗姆回答道。

特里斯坦和休也表示赞同，他们急急忙忙跑回小屋换衣服，然后去找夏令营的主管。在回海鞘小屋的路上，姗姆跟他们解释了为什么她认为自己能利用回声定位。在她发出嘀嗒声之后，她不但能感觉到鲨鱼在靠近，在她的脑袋里还出现了一个立体图像。

特里斯坦心想，这真是他见过的最古怪的夏令营，不过这也算是到目前为止在他身上发生的最酷、最有趣的事情。他不仅是一个灵活的游泳健将，还能和鲨鱼沟通。他的自信心爆棚，情绪高涨，这种感觉是前所未有的。他想象着，自己和新朋友们是否还有其他特殊的海洋技能，他们在夏令营还会做些什么。突然，他又觉得奇怪，为什么鲨鱼会向夏令营寻求帮助呢？

8. 战情室

特里斯坦、休和姗姆洗过澡，换好衣服。当他们成功穿过丛林墙时，已经快到吃晚饭的点了。路上遇到的营员告诉他们，戴维斯主管前往公园门口了。三个孩子往那个方向一路小跑，终于看到主管站在海豚喷泉边和一对陌生男女在聊天。那两个陌生人穿着黑色的西装，他们的打扮与海洋公园的环境格格不入。特别是在佛罗里达，这种着装无疑会让人感到异常闷热。女人在笔记本上快速地记录着。她骨瘦如柴，两条腿细得只剩下骨头。她的站姿很僵硬，仿佛有人为了让她保持极度完美的姿势，用胶带纸把她固定在一块展板上。

孩子们能清楚地听到他们的对话。事实上，他们讲得很大

声——方圆一英里①内的每一条鱼、每一只鸟和每一个人都能听得一清二楚。

"简直让人难以置信。对那起事故的调查还没结束,你居然又派孩子们去了。"女人愤怒地说道,"这么做很过分,你实在太不负责了!"

"首先,我并不认为他们是孩子。"戴维斯主管回答道,显然,他正在压制自己的怒气,"他们快满十八岁了。如果你对我们的行动有所了解的话,就会知道他们受过良好的训练,知道如何不露声色。何况,我们也派了成年人在一旁监管,确保他们的安全,风险非常小。"

"显然,我们双方对于'小'的定义有很大分歧。戴维斯主管,我会建议有关部门立即停止给你们夏令营发放补助。在我们完成对夏令营的全面检查之前,请停止所有行动。"

"什么?那已经派出去的小分队怎么办?我们以前做出的所有贡献,难道就这么一笔勾销了?还有对于我们能做的事,又怎么判断?"

"你们能做的,是否值得冒这样的险,是否值得我们,我的意思是联邦政府,花这个钱,这些都由我们来决定。请尽快把那些孩子召回来。此外,我们还在等你把特制水的配方交出来。"话音未

———————————

① 英里:英制长度单位,1 英里 = 1.609344 公里。

落，女人已经转过身，快速向停车场走去。她的高跟鞋在地面上砸出了恼人的嗒嗒声。

"顺便补充一句，那些是纳税人的钱，不是你们的。"女人走了之后，戴维斯主管低声说道。

穿黑西装的男人这才转身对戴维斯主管说："你看，迈克，这只是暂时性的。在华盛顿，有很多人支持你。我们只是暂时得按照她说的做。我会给国会议员打电话，向他们解释清楚。"

"她真的有权阻止联邦政府赞助吗？圣克洛伊岛的那个意外真的只是一个不幸的意外，和当时的任务一点关系都没有。"

"我知道，但是我担心，她会切断夏令营的资金来源……至少就目前来说。我建议你马上把营员们召回来，同时这段时间尽量保持低调。在事情解决之前，千万不要再轻举妄动了，我会联系相关人员尽量帮忙。"

"好的，反正现在也别无他法。谢谢，非常感谢你的帮助。"戴维斯主管握了握男人的手。

陌生男人跟着女人走进了停车场。特里斯坦觉得，男人脸上的表情不仅仅是悲伤，而是绝望，就像他马上得去牙医那儿把所有牙齿拔掉那样。

主管立马转过身，他面带愠色，几乎是冲到三个小营员面前："怎么又是你们三个？你们在这里干什么？"

"我们……我们是来找你的。"姗姆说道，"我们刚才在潟湖看

到几条鲨鱼，它们让特里斯坦给你带一个非常重要的口信。"

"它们让你带口信，真的吗？好的，亨特先生，是关于什么的？"

"呃，它们很愤怒。它们的很多兄弟姐妹在巴哈马群岛被屠杀了。一条鲨鱼在被害之前，看到了一艘船，那条船上有个红色的大东西。"

主管脸上的表情柔和起来："好，好，很有趣，看来鲨鱼能帮我们。孩子们，谢谢。"

"呃，戴维斯主管？"

"什么事，亨特先生？"

"他们还想让我问你，夏令营能否提供帮助。另外，我在想，我的意思是，我们在想，夏令营为什么能在这件事上帮忙？"

"关于今天早上在潟湖码头的对话以及刚才我和客人们之间的对话，你们听到了多少？"

特里斯坦、休和姗姆面面相觑，然后低下了头。

"明白了。好的，跟我来，我们得好好聊聊。"

戴维斯主管迈着大步，穿过公园。三个孩子跟在他后面，一路快跑。尽管戴维斯主管的腿脚不方便，但哪怕在铺满石头的小道上，他也走得飞快。四个人经过了海螺咖啡厅，往波塞冬剧院的方向走去。快到圆形剧院时，主管突然向右一拐，站在一块巨大的棕褐色岩石面前。岩石边上长满茂盛的植物，他把手伸进植物丛里。

然后特里斯坦他们听到了咔嚓一声，岩石上有一扇门滑开了，原来这块岩石是假的。戴维斯主管走进门里，三个孩子也赶紧跟了上去。

他们穿过了一条昏暗的隧道。隧道两侧的墙壁似乎是石头制成的，颜色很深，质地粗糙。墙壁里嵌着的蓝灯，像极了跳动的蓝色火苗。接着，主管把手掌放在一个安全扫描仪上，又一扇门打开了："一般来说，得到夏令营的后半期，等我们对营员有了更深的了解之后，才会带他们来这里。但反正你们都听见了……"

他们走进了一个房间，特里斯坦四下张望。这里像是会议厅和电脑控制中心的结合体。偌大的屋子中央，放着一张椭圆形的蓝绿色桌子，玻璃桌面里嵌着鸡蛋大小的气泡。桌子的四周放着十张深色的皮椅，墙壁上挂着几个巨大的平面屏幕。屋子的前部也有几块屏幕，除此之外还放着一张宽大的弧形桌。一个年纪比特里斯坦大一些的男孩坐在桌子前，他正在敲电脑键盘。

"欢迎来到战情室。这是弗拉什，我们的技术怪才。"戴维斯主管一边说，一边向坐在前面的男孩点点头，"新营员在潟湖得到了一些情报，可能对我们有所帮助。小分队有消息吗？"

"你们好，主管……营员们。和预期一样，小分队已经到达大埃克苏玛岛，一艘小船把他们接走了。"弗拉什汇报道，"跟踪器工作正常，他们现在正在事发地，应该很快会进行第一次汇报。"

戴维斯主管转过身，面向墙上的大屏幕。屏幕上有一个红色的

点和几个蓝色的点正在跳动，它们位于距离佛罗里达群岛东南部一百五十英里的巴哈马群岛。主管按了一下蓝点所在的区域，这一块马上被放大了，屏幕上出现了很多以 Y 形排列的小岛。

"正如你们早上听到的那样，我们派了一支小分队去巴哈马群岛。我想你们应该认识洁德、洛里和拉斯蒂。巴哈马群岛地处偏远，有很多荒无人烟的小岛。这些小岛位于一个浅水湾——就在这块浅蓝色的区域——小岛四周的水域很深，也就是深蓝色的区域。"

"呃，长官，洁德他们去巴哈马群岛，是因为鲨鱼被屠杀的事吗?"特里斯坦问道。

"这只是一部分原因。事情是这样的：海洋夏令营致力于训练具有特殊能力的年轻人，包括你们。我们跟全世界的合作伙伴一起，调查在海洋里发生的事情。"

"比如什么样的?"休问道。

"危害海洋、伤害海洋生物的事情。"

"很不幸的是，几个月前，一个叫罗杰的优秀营员，他比你们大一点，在圣克洛伊岛执行完任务后，意外丧生了。一些偷猎者从沙滩保护区的海龟窝里偷海龟蛋，罗杰和他的小分队正在秘密收集线索。任务完成后，罗杰就骑着摩托车，欣赏岛上的美景。一个游客驶离了自己的车道，开车把罗杰撞死了。这个意外让我们痛心疾首。肯特女士，你们看到的那位跟我聊天的女士，是一位律师。她受雇于政府，委派来协助夏令营的工作。她认为，那个意外完全是

因为夏令营的秘密行动。但我向你们保证，绝对不是这样的。罗杰的意外和他执行的任务完全没有关系。"

"那现在会怎么样？"特里斯坦问道。

"这是个好问题，亨特先生。实话说，我也不知道。但我会竭尽所能，保证夏令营的正常运转。"

"那洁德他们该怎么办？现在必须马上回来吗？"姗姆问道。

"你们三个人果真什么都听到了，对吗？"

这时，屋子里突然响起了《小美人鱼》电影里的配乐："在海底……"这首歌节奏轻快，旋律悠扬。弗拉什笨手笨脚地接起电话。

"弗拉什，你到底什么时候才能换掉手机铃声？"主管摇着头说道。

弗拉什一边接电话，一边耸耸肩，微笑地看着其他人："说吧，主管在这里，你们那里的情况怎么样？"

弗拉什仔细倾听着电话那头的汇报，戴维斯主管沉默不语。特里斯坦、休和姗姆也在主管身边默默等待着。

"收到，保持待命。过几分钟，我们再打过来，告诉你们下一步该做什么。"弗拉什说着挂断了电话。然后他转向主管："现在，他们没有在事发地点看到任何大船。但洛里在附近的珊瑚礁上发现了几个大洞，还在草丛里发现了两个大坑，应该都是由爆炸造成的。那群人好像还使用了飞机。洁德、拉斯蒂和当地的居民聊过

了，鲨鱼们汇报的信息最多。它们已经暴跳如雷，发疯似的横冲直撞，还打算暴力反抗，它们非常希望……"

"好了，好了，我们懂了。"戴维斯主管打断道。

弗拉什继续说道："船上那群人杀害了十条柠檬鲨、两条白真鲨和五条护士鲨。他们割走了鲨鱼鳍，把鲨鱼的尸体丢进海里。有几条巨头鲸在爆炸中受了伤，被炸伤了眼睛，所以现在根本无法领航。拉斯蒂和几条暗礁鱿鱼也谈过了，想看看能不能从它们口中找到线索。暗礁鱿鱼们说，那艘船在一两天前就离开了，似乎是往北边去了。这也得到了当地海豚的确认。它们的原话是这样的——那艘船可能去了拿骚，拿骚一个码头的藤壶①也传话过来，它说有一艘豪华大游艇正好在差不多时间驶入了它所在的码头。"

"它们有没有说，船上是否有可辨认的标记？"戴维斯主管问道。

"船身一侧似乎有一个巨大的红色字母。"

特里斯坦、姗姆和休看着主管，点点头，主管对着他们笑了笑。

"听起来它们探察得相当细致。"戴维斯主管说道。

"是的，海豚们汇报说，船上拖着主动声呐设备和一些其他装置。"

———————————————

① 藤壶：附着在海边岩石上的一簇簇灰白色、有石灰质外壳的节肢动物。

"好的，立刻叫他们回来。告诉他们，他们干得很棒，但必须尽快回来，因为华盛顿那边出了点问题。我会打电话联系拿骚的伙伴，让他们调查一下那艘船。鉴于目前的情况，这已经是我们能做到的极限了。"

弗拉什摇摇头："他们不打算马上回来。他们说想待在那里搜集证据，进行更深入的调查——特别是洁德。你知道她的脾气。"

"告诉他们，任务要暂时停下来。他们必须立即回来，不能有任何托词。我会让飞行员用直升机把他们接回来。"

"收到。"弗拉什说道。

"那鲨鱼呢？我们是不是应该抓住那些杀害它们的人？"特里斯坦问道。

"我会把情况汇报给拿骚的有关机构。也许我能说服他们去搜查这艘船。不过现在没有证据，我怀疑他们可能什么也做不了。很抱歉，眼下我们真的只能做这么多了。我必须考虑夏令营的未来。"

特里斯坦、姗姆和休失望地盯着主管。

"哦，对了，特里斯坦，你母亲打电话来了，她让你尽快回个电话。"

"意料之中。"特里斯坦嘲讽地说道。不过，他马上满脸通红地补充道："我的意思是，谢谢，我会的。"

"你也可以用那部电话。"戴维斯主管指指桌子上的电话说道，"这是有线电话，信号应该很好。但是记住，千万不要把夏令营的

秘密和你们在这里学到的新技能透露出去。我们想给你们的父母多一些准备的时间，毕竟这件事实在让人太震惊了。在夏令营快结束时，我们会向新营员的父母解释一切。"

"好的，当然没问题。"特里斯坦一边往电话机的方向走去，一边说道。特里斯坦很清楚，如果他不回电话给妈妈，妈妈就会一直烦着夏令营的工作人员，直到特里斯坦回电话为止，也许她还会开车追到夏令营。

"哈弗福德先生、马滕女士，如果你们也想打电话给你们的父母，请自便。姗姆，我知道你和你父亲有点矛盾，但请相信我，他一定很想听到你的声音。"

姗姆看上去很内疚："哦，没关系。我过几天再打，如果到时候方便的话。"

"我可以打给我的母亲。"休说道，"不过她经常不在家。希拉可能在，她可以帮我带口信。"

特里斯坦在电话里向母亲保证，自己一切安好，也没有受伤，而且他在这里学到了比预期更多的关于海洋生物的知识——特别是鲨鱼。休也给家里打了电话，跟管家希拉聊了几句。

"戴维斯主管，我们什么时候才能参加类似的调查行动？"特里斯坦挂了电话后，急切地问道。

"哦，暂时还不行，通常只有海豚队和鲨鱼队的资深营员才能参加。你们还有很多东西要学，首先得练好技能。除了能和鲨鱼交

流之外，你们还发现自己有别的技能吗？"

"我想我可以用回声定位！"姗姆回答道。

"非常好！这个发现实在太让人激动了。那休，你呢？"

"桑切斯女士认为，我有和海洋生物交流和伪装的双重技能。刚才在潟湖里，我的皮肤也确实变绿了。长官，所有营员都必须参加行动吗？"

"哦，不，休，只有那些想参加，并得到家长同意的营员才能参加。也有一些营员是在夏令营基地里工作的，提供岸上支持，比如弗拉什。他们也是团队不可或缺的一部分。"

离开战情室后，特里斯坦、姗姆和休往海螺咖啡厅走去，准备吃晚餐。他们在属于海鞘队的就餐区域，选了一张没有外人的桌子坐下来，开始窃窃私语。

"我妈妈绝对不会让我参加行动。天哪，到时候她可能每天都会不停地打电话来。"特里斯坦说道，"自从发生鲨鱼池事件后，她简直变成了追踪狂，必须知道我每天干了些什么才放心。"

"那你觉得她应该怎么办？你都跳进鲨鱼池里了。"休反驳道。

"是的，确实挺吓人的。和我们发现自己长出了脚蹼，还有这个夏令营专门培养从事海洋任务的特工时的感觉一样。"

"我爸爸肯定很喜欢这里，他在我们家是最热爱冒险的一个。"休沉思着说道。

"他怎么了？"姗姆问道，"当然，如果你不愿意说，也没

关系。"

休摇摇头，眼泪夺眶而出："去年，他得了很严重的病，最后没有熬过来。"

"对不起，休。"姗姆说道。

"我也很遗憾。"特里斯坦补充道。

"谢谢，真希望我的个性能更像他一点。我猜，这也许是上天给我的机会。姗姆，你为什么不愿意给家里打电话？"

姗姆低头看着桌子，她的手指不停地在一个海螺雕刻品上来回摩擦："我爸爸是捕龙虾的渔民，他很喜欢自己的职业。他说夏令营里的人很奇怪，他们拥抱鲸鱼，是狂热的环境保护主义者。他们甚至大肆宣传禁止人类吃鱼，还指责我爸爸那样的渔民是邪恶的。所以我爸爸一开始不肯让我参加夏令营。捕龙虾是我们整个家族长期以来赖以生存的职业，缅因州的每个人都是做这个长大的。我以前也很喜欢吃龙虾，但现在觉得杀害它们是一件很残忍的事。我的意思是，我爱我爸爸，他也是一个好人，他对龙虾完全没有恶意。我们家有很多龙虾造型的装饰品。我们爱龙虾，但捕捉龙虾就是他的工作。我觉得他现在不想跟我说话，而且我也不知道该对他说什么。"

"是的，现在我们能和海洋生物对话，一想到要吃它们，确实有点恶心。"特里斯坦说道。

"我也这么觉得。"休低头看着盘子里的阿尔弗雷多酱意面，说

道，"我猜这就是餐厅里不供应海鲜的原因。如果你刚把鱼类的某个亲戚狼吞虎咽地吃下去，它们谁还愿意跟你聊天？"

"过几天，我再给家里打电话。"姗姆说道，"我妈妈肯定很想听我讲夏令营里的事。毕竟是她说服爸爸让我来的。"

晚饭后，孩子们往海滨小屋走去。尽管已经精疲力竭，但他们对于能在夏令营里学到更多海洋技能，激动不已。特里斯坦决定，第二天早上去找洁德问问，看他们在巴哈马群岛是否还有别的发现。因为万一下次在潟湖又遇上那些鲨鱼，他可不想让它们误会自己没有尽力帮忙。他觉得，惹怒鲨鱼一定不是一件好事。

9. 冲浪训练

第二天清晨，公园尚未对游客开放，海鞘们就已经到达了波浪池，他们准备上第一堂课。显然，早晨七点对于海鞘们来说，实在是太早了，他们就像一群梦游的僵尸。弗雷德教练是这群人里唯一真正醒着的人。

"今天天气晴朗，是多么美好的一天。快醒醒，营员们，开始上课了。游泳是开始全新一天的非常好的方式——绝对能让头脑立刻清醒。"

新营员们此起彼伏地打着哈欠，一个个无精打采地把背包拿下来，扔在沙子上。

"让我们看看，"弗雷德教练的目光从左往右扫了一遍，"还缺谁。"

孩子们睡眼惺忪地往旁边看看。然后，仿佛又陷入了沉睡。

"看起来，我们聪明活泼的露西娜·冈萨雷斯还躺在床上睡懒觉。哈特双胞胎，你们俩谁愿意去海滨小屋把她叫起来？"

双胞胎的脸色很难看，好像刚被迫咽下了难喝的咳嗽药水。吉莉安恳求地看着弗雷德教练说："我们俩可以一起去吗？"

"好的好的……只要尽快把她带过来就行。"

两个姑娘勉强挺起身子，可怜巴巴地去了。特里斯坦真替她们担忧：把露西娜从床上叫起来的危险程度，不亚于对一只吸血鬼说"早安，我的阳光"。

"首先得表扬你们，按时来上课。看来你们还算比较勤快。昨天你们已经在潟湖里游了几圈，但海洋里风雨莫测，很少有波澜不惊的时候。今天你们将要学习如何冲浪，利用波浪提高游泳的速度和跳跃的高度。所有人都补足水分了吗？"

"一大早就训练冲浪，实在太折磨人了。"特里斯坦对姗姆和休低声说道，"我应该躺在床上才对。"

"是的，我们连吃早饭的时间都没有。"休揉揉肚子说道。

"亨特，你还想补充什么吗？"教练说道，"你先来，海水能帮助你完全清醒。"

"我吗？不，好吧。我还真有点迫不及待了。"特里斯坦喃喃自语道，但他的身体不由自主地往地上倒去，想再睡一会儿。

"赶紧，亨特。"教练命令道。

"这又是哪儿来的奇怪说法。"休对姗姆窃窃私语道,"'干净,亨特'是什么意思?"

姗姆嘟囔了几句,她要么小声回答了休什么,要么是在打呼噜。

"好的,我们循序渐进,一步步来,先在小波浪里练习。首先得确保你们能在波浪里游泳,然后再进行踏浪和冲浪练习。"

弗雷德教练掏出一个类似升级版的遥控器的玩意儿,上面有银色的按钮,还装饰着令人眼花缭乱的红色亮片:"那我们现在从一英尺高的浪花开始训练。"

他用夸张的动作按下遥控器上的按钮。水池另一侧立刻出现了一道小波浪。波浪朝岸边翻滚而来,升高到大约一英尺,然后倾泻而下。

"好,亨特,今天早上你喝过海洋夏令营的特制水了吗?"

特里斯坦一边哼哼唧唧,一边胡乱拧开水瓶的盖子。他猛喝了一大口粉色的液体。因为还没睡醒,这次连他都被酸得忍不住做了一个鬼脸。

"走到波峰下,潜进水里,穿越波浪。"

特里斯坦慢慢地挣扎起来,他使劲脱掉 T 恤衫,然后站在水池边一动不动。他实在不喜欢一大早游泳。

弗雷德教练从他身后走上来,轻轻地把他推进水里:"去吧,到了水里你就舒服了。我已经告诉过你,起床先游个泳,是开始全

新一天的好方式。"

你觉得好，那你来跳，特里斯坦一边蹒跚地往前走，一边想道。冰凉的水拍打在他的腿上，吓跑了他的睡意——至少是一点点。他慢慢地走进水池里，走到波峰下，停了下来。当下一个波浪扑面而来时，他跳了起来，一下子被卷进了水里。

"好的，干得很棒！现在潜进水里，穿越下一个波浪。"教练喊道。

当下一个波浪慢慢靠近，升得越来越高时，特里斯坦深吸了一口气，潜入水中，迎着波浪游过去。他还没怎么踢水，就快速往前冲了出去，几乎游过了半个水池。他差点就忘记了自己的新脚蹼有多厉害。

"棒极了！"教练喊道，"赶紧回来，让我们再欣赏一遍，不过这次海浪会更大。"

特里斯坦回到沙滩之后，教练按下了遥控器上的另一个按钮。水池里的浪更大了，波峰至少有四英尺高。飞溅起来的水花打在其他营员的脸上，帮他们驱赶走了清晨的睡意。他们靠近水池，想更仔细地观看特里斯坦的训练。

"哇哦，兄弟，简直太酷了！能让我试试吗？"瑞德问道。

"下一个就轮到你。好了，亨特，再表演一次。"

特里斯坦直直地盯着朝他奔腾而来的巨浪。巨浪在水池的中央就到达了波峰，开始倾泻而下。它拥有骇人的力量，轻易就能把特

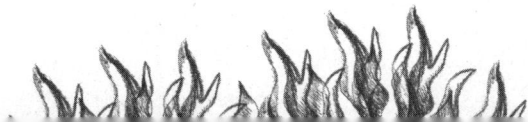

里斯坦撂倒。特里斯坦要不赶紧逃的话，连头盖骨都可能被砸碎。巨浪砸在水里，飞溅起白色的乳状水花。特里斯坦紧张地往水池中央走去。浪花就像长着五只手臂的怪兽，把他拖入水中，推来搡去。特里斯坦踉跄了一下。

勇敢点，特里斯坦对自己说道。

他居然在水里灵活地游了一段，然后浮出了水面，深吸了一口气。当第二个浪打过来时，他潜入水里。不一会儿，他就从水池的另一侧浮出了水面。又一个浪靠近时，他直接跳进了浪里。他踩着水，顺着波浪上上下下。当他转过身时，看到弗雷德教练示意他回到岸边。又一个浪正在靠近特里斯坦，它正在不断往上涨。特里斯坦猛踢了几下水，新脚蹼让他觉得自己像是一个长着鱼鳍的冲浪运动员。他顺着波浪的表面快速地滑上去，直到站到波峰上。这实在太有趣了，特里斯坦不顾教练让他上岸的命令，又游回去玩了一次。下一个浪正好把他送回教练身边。教练正双手叉腰，站在水池里，水漫过了他的膝盖。

特里斯坦故意躲开了教练严厉的眼神，愉快地向其他营员跑去。

"琼斯，你来。"教练低头看着手里那个闪亮的遥控器，命令道，"我们先用小波浪练习，顺便让你清醒一下。"

"不必了，教练。如果连特里斯坦这么笨拙的人都行的话，我就更不在话下了。"瑞德抓起水瓶，狂饮了一大半，然后冲进水池

里。他潜入水里，像海豚一样，在水面上跳了几下，穿过了波浪。

特里斯坦和其他营员对瑞德的冒险行为表现得很不屑，但同时又十分羡慕地看着他无畏地搏击巨浪。

"天生的，太棒了！"弗雷德教练喊道，"现在小心返回，特别在水浅的地方，千万小心。"

瑞德一路跳了回来，他的动作十分优雅，仿佛是一头从波浪中一跃而起的海豚。但就在最后一跳时，他失手了。事实上，水实在太浅了。他重重地摔了下来，在地面上弹了几下，然后顺着沙子往前滑，正好滑到了教练腿边。他把这一路的沙子都刨起来了。

"到底有没有人听我的命令？"教练摇着头，质问道。他把瑞德扶了起来，然后按下了遥控器上的另一个按钮："还得调小点，下一个是谁？"

还没等到有人自愿站出来，戴维斯主管就打断了他们。他的头发乱糟糟的，衣服也皱巴巴的，好像整夜都没脱下来。"弗雷德教练，很抱歉打扰你们。但我有很紧急的事情想跟你说。"他说。

"好的。营员们，我把波浪调小了，都跳进水里去感受一下。"

特里斯坦跟着姗姆和休一起走进水里。当他经过主管身边时，听到主管说："我们有麻烦了。"

特里斯坦一边指导姗姆和休如何潜入水里自如地穿越小波浪，一边关注着两位夏令营领导的小声交谈。特里斯坦觉得他们俩正在谈论一件非常重要的事情，不想被外人听到。他怀疑这件事与巴哈

马群岛的案件有关。

"好了，都回来吧。"弗雷德教练喊道。

海鞘们回到了沙滩，弗雷德教练给他们每个人都递了一块毛巾。弗雷德教练说："很不巧，今天的课必须提早结束了，你们都很棒。现在去海螺咖啡厅吃早饭吧。在上戴维斯主管的海洋地理课之前，你们可以自由活动。十点钟到图书馆集合，千万不要迟到。"

话音未落，海鞘们就看到朱莉和吉莉安回来了，她们站在露西娜后面，推着她往沙滩走。露西娜满脸不开心，双胞胎也是。

"你还能露面，非常值得表扬，冈萨雷斯。"弗雷德教练严厉地说道，"我们待会儿再讨论这个问题，小姑娘。你很走运，因为我现在有更重要的事情要处理。"

其他海鞘向三个女生滔滔不绝地讲述了她们错过了什么。随后，所有人都离开沙滩，去吃早饭了。

特里斯坦、姗姆和休故意放慢脚步，以便和其他人保持距离。

"你们听到主管说什么了吗？他说发生了一些不好的事。"特里斯坦对姗姆和休说道，"会不会跟巴哈马群岛的鲨鱼有关？昨天晚饭后，我一直就没有见到洁德、洛里和拉斯蒂，你们呢？"

休和姗姆摇摇头。

在去海螺咖啡厅的路上，特里斯坦看到桑切斯女士匆匆忙忙地跟在弗雷德教练身后。他们穿过那扇石头假门，进入了战情室。在他们到达之前，戴维斯主管、乔丹医生和弗拉什已经在等他们了。

"非常感谢你们，在这么短的时间内就赶到了。"戴维斯主管说道，"接下来，我想跟大家汇报一下到目前为止我们所掌握的情况。尽管我们千叮咛万嘱咐，但是洁德还是擅自行动了，不过这倒是一点都没让我感到意外。她确实掌握了出色的技能，但实在太任性了。她成功说服了飞行员在回程途中把直升机降落在拿骚加油。她说，这样的话，他们就有机会飞越拿骚，看看那艘游艇到底在不在。事实上，他们确实发现了一艘符合描述的船。当飞行员去加油的时候，她、洛里和拉斯蒂就去调查那艘船了。他们告诉飞行员，自己只是去确认船上的红色字母，完事后马上就回来。可问题是，他们到现在都没有露面。飞行员一直在找他们，我也打了几通电话，不过没有任何人发现他们的踪迹。"

弗拉什把当地的卫星图投影在一块屏幕上。一个一闪一闪的红色小圆点出现在拿骚岛："直升机上的跟踪装置还在正常工作，但腕带跟踪器不知道怎么回事，要么坏了，要么就是被关掉了。"

"他们最后出现的位置在哪里？"弗雷德教练问道。

弗拉什在键盘上按了一下，屏幕上的图像被放大了，大家看到一条点状的蓝色线条。"信号最后出现的时间是昨晚，地点是一个私人游艇码头，也就是那艘可疑船只的停靠地。"弗拉什说。

"现在该怎么办？"桑切斯女士问道。

"如果是以前的话，我会让你或者弗雷德教练，带几个资深营员过去看看，或者打电话寻求外援。但现在华盛顿那边非常敏感，

我不能冒这个险，我担心情况会变得更糟糕。华盛顿方面可以看到我们的追踪信号。如果我们寻求外部帮助或者再派一个小分队过去，势必要启动追踪系统，那么一定会被肯特女士发现。我们必须谨慎地处理这个问题，但与此同时，我们还必须找到失踪的营员。"

"我想和教练一起去拿骚。"桑切斯女士提议道，"如果他们就在那艘游艇上，或者在码头的某处藏着，我们会找到他们的。"

"我让一个可靠的人去码头查看了。但很不走运，他说那艘可疑的游艇，今天一大早就离港往南去了。"

弗雷德教练清了清嗓子，并用手摸了摸自己光滑的马尾辫："你们看，新生们第一次实地考察的目的地就是埃克苏玛岛的海洋实验室。那里和发生爆炸的区域非常接近。如果那只可疑游艇也往那个方向去了的话，它离那里也不远。"

"是的，你说得很对。"戴维斯主管说道。

"我们可以让华盛顿方面误以为洁德、洛里和拉斯蒂都已经按时回营了。再告诉他们，我们要带着新生们去巴哈马群岛进行常规实地考察。当然，与此同时，我们还得找人继续在拿骚进行调查。这样至少能够确认，孩子们到底在不在那艘游艇上。最后，如果有必要的话，我们也可以寻求外援。"

"希望不用走到最后一步。"主管说道，"但这就意味着，要让刚入营的海鞘们参加实地考察，这实在太早了。这样一来，很可能会让他们陷入险境，毕竟情况还不明朗。"

"是的。"教练回答道，"但你可以把他们留在实验室里，确保他们的安全。我和桑切斯女士会趁着夜色，开实验室的船出去，对那艘游艇调查一番。不过，千万不要在我们身上或者船上装追踪器。"

"我们必须马上征求营员家长们的意见，看他们是否同意自己的孩子参加短期的实地考察，不过他们真的还太小。"戴维斯主管沉思道。

"你有更好的主意吗？"教练问道，"我认为这样刚好符合我们为新营员规划的常规路线，不会让华盛顿方面起疑。"

"也许真的可行。教练，你联系一下海洋实验室，看看他们能否接待我们。弗拉什，尽你所能，找出所有关于那艘游艇的信息。我得打几个电话，然后再考虑一下。"

"别考虑太久，"弗雷德教练催促道，"我们必须马上行动。"

10. 善意的谎言与实地考察

上午晚些时候，特里斯坦和其他海鞘来到图书馆，准备上戴维斯主管的海洋地理课。但他们在图书馆的墙上看到一则通知，通知上写着让所有人去戴维斯主管的办公室集合。

孩子们穿过公园，到达了位于公园入口附近的主管办公室。办公室的门半掩着。特里斯坦走近时，听到了主管的说话声："好的，谢谢你，弗拉什。明白了，约翰·皮尔庞特·瑞克顿，尽量多找些资料。希望再过几个小时，我们就能出发。"

姗姆在门上礼貌地敲了几下，但瑞德和露西娜直接挤了进去，差点把她推倒。主管坐在桌子前，正要搁下手里的电话。他赶紧招呼孩子们进去。特里斯坦在门口迟疑了一会儿，往四周看看。办公

室的一面墙上挂满了往期营员的照片——都是他们在公园里游泳、蹦来跳去和玩耍时抓拍的。对一个以海洋为主题的夏令营来说，这些都是再正常不过的活动。主管身旁的另一张桌子上，放着一个色彩鲜艳的模型，让特里斯坦很感兴趣。里面有用彩色塑料方块卡拼成的圆顶建筑、黄色的潜水器和水下摩托车。在这个海底社区四周，还摆放着用乐高拼成的黄貂鱼、鲨鱼和海豚，一堆堆绿色的波浪状小纸片模仿的则是漂在水里的水藻。特里斯坦想走近点仔细观察，但他马上被对面那堵墙吸引了。墙上绘制了一幅巨大的世界海洋地图。地图上的某些特殊区域里，竖着图钉样的小旗子。地图上深浅不同的颜色代表海水的不同深度。深蓝色代表海洋中最深的区域，橙黄色代表最浅的区域。太平洋、大西洋和印度洋之间，都有一条黄色的曲线。

"早上好，营员们。"戴维斯主管说道。他已经换掉了刚才那身衣服，整个人也平静了许多："希望你们在冲浪池训练得开心。请问，鱼类最讨厌一星期中的哪一天？"

海鞘们茫然地看着主管。

"当然是星期五（油炸日①）了！"

营员们会意一笑，有几个甚至哈哈大笑起来。

"各位，计划有变动。每年夏天，我们都会带新营员去巴哈马

---

① 油炸日：油炸日的英语 fry-day 谐音 friday。

群岛的一个海洋实验室，进行为期两天的实地考察。你们将在实验室附近的海域里进行探索。实验室地处偏僻，你们完全不会受到外界的干扰，可以专心训练。不过，一般来说，实地考察会被安排在夏令营快结束的时候，但现在行程安排上出现了冲突。实验室只有现在才对我们开放，所以我们必须马上走。"

一听到巴哈马群岛，特里斯坦、姗姆和休默默交换了一个怀疑的眼神。

主管继续说道："但是我们必须得到你们父母的许可才行，而且我们打算立即出发。"

海鞘们顿时七嘴八舌地讨论了起来。

"为什么要让我们去巴哈马群岛？"姗姆小声地对特里斯坦和休说道。

"这好像只是夏令营每年的常规活动。"休回答道。

"对，但现在夏令营应该保持低调，另一个小分队也必须被召回来，还记得吗？"姗姆低声说道。

"好了，好了，请大家安静一点！"戴维斯主管喊道，"我已经给你们的父母都打了电话。除了朱莉和吉莉安之外，其他人的父母都同意了。对不起，姑娘们，我们没法联系到你们的父母，因为他们正在加拉帕戈斯群岛的一艘邮轮上。"

双胞胎立马拉下了脸，眼神里充满了失望。特里斯坦却有些意外，他的父母也同意了？最让他吃惊的是，他的母亲居然同意了。

他觉得这只可能是因为——要么戴维斯主管特别擅长说服别人，要么实地考察真的没有任何风险。

"朱莉、吉莉安，午饭后，请你们去找桑切斯女士，她会为你们修改行程。你们其他人都将得到一张表格，上面写着需要打包带走的行李，不过只要一个背包就足够了。请大家先去吃午饭，两点钟的时候，在波塞冬剧院不见不散，准备出发。"

一走出主管的办公室，特里斯坦就看了看休和姗姆。"那位女士刚才不是说，必须中止一切行动吗？但我们却立刻就要出发参加实地考察，这也太奇怪了。不知道实验室离鲨鱼被屠杀的海域近不近?"

当营员们各自整理行李时，戴维斯主管、弗雷德教练和桑切斯女士也在做准备。乔丹医生则会留在夏令营里管理相关事务。几个资深营员会协助她一起开展工作，尽管他们也一直吵着要去巴哈马群岛。

主管走进了战情室，他看到弗拉什正在电脑上仔细查看文件。打印机一直在出纸，掉得满地都是，仿佛这个房间刚被一场暴风席卷过。

"有洁德他们的消息吗？是否有迹象表明，他们还在拿骚?"主管满怀希望地问道。

"什么都没发现，对不起。"

"那么关于游艇的主人——约翰·皮尔庞特·瑞克顿，你找到了什么资料?"

　　"从现在掌握的信息来看，他有权有势，富得流油，什么能赚钱就干什么。他经常破坏公园和生态区，在此基础上造房子，主要是建造购物中心和赌场。他还热衷于猎杀大型动物。对了，他还有一个有趣的嗜好——寻找沉船。我在一个博客上看到，他对寻找沉船和宝藏非常着迷。他在全世界范围内进行搜索，不惜一掷千金。传闻说，为了找寻和打捞宝藏，他无所不用其极——哪怕是非法手段。他在沉船残骸中找到了很多手工艺品，数量惊人，他甚至把其中一部分借给了博物馆。"

　　"干得不错，我想我们大致知道他想在巴哈马群岛干什么了。希望洁德他们成功瞒过了瑞克顿的人，混上了船。同时也希望那个不怎么友好的肯特女士能买账。"

　　主管在手机通讯录上找到了律师最近打过来的电话，然后拨了回去。

　　"也许她不会接。"弗拉什说道。

　　"那再好不过了。"

　　"你好，我是肯特。"电话里的声音说道。

　　戴维斯主管深吸了一口气："肯特女士，我是海洋夏令营的戴维斯主管，你好吗？"

　　"是的，戴维斯先生。孩子们回营地了吗？他们身上的跟踪器是怎么回事？"

　　"我还没见到他们，但我之前听到了直升机降落的声音。至于

跟踪器，你知道，营员们一回来，我们就把信号关掉了。我打电话来，是想告诉你，我们会带新生们去李斯德金岛上的海洋实验室，进行为期两天的常规实地考察。也就是我们每年夏天都会做的那些事，没什么特别的。"

"确切地点在哪里？"

"哦，那是一个非常小的岛屿，距离大埃克苏玛北部约六英里。"

"埃克苏玛——巴哈马的埃克苏玛群岛？"

"是的，但只是常规考察而已。在偏远、隐蔽的岛上，营员们能和大自然完美地融合在一起，体会到佛罗里达群岛无法给予的自由。"

"该不会又是去执行任务吧？"

"当然不是，我们绝不会让新营员参加任务。肯特女士，真的只是短途实地考察而已。弗雷德教练、桑切斯女士，还有我，都会全程陪同。我待会儿会把安排表发给你。"

"那最好了。请让那三个刚回来的营员传一份报告给我，解释一下他们做了什么。另外，新营员们参加短期实地考察期间，你最好给他们戴上跟踪器，我必须时刻知道他们的位置，清楚了吗？"

"没问题，我们会照做的。考察一结束，我们就会跟您汇报。希望等我们回来的时候，我们之间的问题也能解决。"

挂完电话后，戴维斯主管看着弗拉什说道："实际上，我并没有撒谎。只不过没有把所有的细节都告诉她而已。"

11. 花式飞行

戴维斯主管和新营员们准时在波塞冬剧院门口集合出发，他带着新营员们走了海洋夏令营的秘密通道。等他们到达目的地的时候，弗雷德教练和桑切斯女士已经站在一架小型飞机旁边等着了。

特里斯坦从未坐过小飞机，他喊道："太棒了！"

瑞德也很激动，但休、姗姆和露西娜似乎并不是那么期待，他们紧张地盯着眼前这架双电机涡轮直升机，犹豫地往前走。戴维斯主管注意到他们神情慌张，便向他们保证，直升机绝对是安全的。他搬了几箱海洋夏令营的特制水放在飞机上，然后帮助营员们爬上飞机。营员们一坐好，他就给每个人发了一个有弹性的黑色橡胶手环和一张地图。

"好了，请大家把安全带系好。"他命令道，"我刚才发给你们

的手环是一个跟踪器，这样夏令营就可以随时掌握我们的动态。它对你们的安全和夏令营的未来至关重要，所以你们必须时刻戴在手上。也就是说，别把它弄坏或者关掉，明白了吗？"

所有人都点点头。

"请大家不用担心，我们的飞行距离很短，只需要大约四十五分钟，而且我们还拥有一位出色的飞行员。"

"也就是我！"弗雷德教练把身体往后靠，从开着的驾驶舱门里喊过来。

桑切斯女士也坐在驾驶舱里："别担心，孩子们，他开过好几次了。"

海鞘们面面相觑。

"开个玩笑。"桑切斯女士补充道，"教练在海军服役时，在驾驶大型飞机和直升机方面，积累了丰富的经验。"

飞机上只有左右两排座位。特里斯坦坐在姗姆后面，和休隔着一条走廊。特里斯坦朝室友探出身子："希望教练知道自己在干吗，千万别搞飞行表演。"

休把安全带系得更紧了。

桑切斯女士通过无线电设备，向他们解释了与飞行安全相关的事项，包括安全出口的位置、救生衣的位置，还告诉他们，晕机呕吐袋就放在座位后面的口袋里。

"也许我们应该坐船才对。"休抱怨道。

"营员们，准备出发了。"教练宣布道，"祝大家飞行愉快。如果你们想在空中转圈或者做几个翻滚动作，可以跟我说。我一定竭尽所能。"

海鞘们用力地摇摇手说："不要！"

"好的，但如果你们改变主意了，一定要告诉我。我已经准备好在空中做转圈或者翻滚动作了。当然，前提是你们同意。"

"不要！"

发动机开始加速转动，机身抖动起来，发出的噪音盖过了机舱里偶尔冒出来的一两句聊天声——还好，休和露西娜似乎都不怎么想在这个时候说话。

每个营员都死死抓着座位上的扶手，并把安全带系得紧紧的，紧得好像要切断上半身和下半身的血液循环。飞机慢慢滑到跑道的一端，弗雷德教练踩下了引擎，飞机沿着跑道不断加速。没过几分钟，直升机就垂直着升入半空中。

休闭上了眼睛，露西娜好像要吐了。特里斯坦、瑞德和姗姆不停地朝窗外张望，他们已经陶醉在飞机下方的美景里。很快，海洋公园里的游客变成了蚂蚁般大小。直升机穿过了一团松软的白色云朵，然后开始慢慢平稳下来。几分钟之后，戴维斯主管站了起来，给营员们讲了至少三个冷笑话。他还假扮空乘人员，询问营员们想喝咖啡、水，还是想吃水藻。

"能来个降落伞吗？"露西娜大声喊道。

"嘿，小声点。在飞行途中，最不应该做的一件事就是侮辱飞行员。"主管回答道，"请大家把我刚才发给你们的地图拿出来。"

特里斯坦摊开自己的地图。地图的一面是佛罗里达群岛和巴哈马群岛的卫星图。另一面是一个蝴蝶结形状的小岛以及小岛周边的区域。小岛上标注着"李斯德金岛"，小岛周边区域里也有一些其他地点被标注出来了，比如彩虹礁、海洋之舌、叠层岩之城和流沙区。

"我们现在正在往东南方飞行。"戴维斯主管告诉他们，"刚经过墨西哥湾流，它是位于佛罗里达东海岸和巴哈马群岛之间的一道很强的暖流。"

特里斯坦再次朝窗外望去。天空中只剩下几片缥缈的云，底下是一望无际的深蓝色。

"戴维斯主管，您怎么知道我们刚经过墨西哥湾流？"休问道。他终于活跃起来了，因为飞机平稳了，除了想引擎失效、机翼折断或者飞机没油了之外，他的脑子还可以想点别的事情了："对我来说，就是一片海洋而已。"

"这个问题问得好，哈弗福德先生。大多数时候，凭肉眼并不能真正看到墨西哥湾流。只有通过科学的测量，我们才知道它的确切位置。它犹如一条弯曲的河流，缓缓向北流淌。墨西哥湾流的水温比它周围的水温高，流动速度快。好的，现在请大家找一下，海洋公园在地图上的哪个位置。我们现在正在往东南方向飞。那么我

们第一个飞跃的岛屿叫什么名字?"

"安德鲁斯岛。"营员们回答道。

"回答正确。请大家注意,大部分人都不知道安德鲁斯岛东部存在着世界上数一数二的长堡礁。"

"像澳大利亚的大堡礁那种吗?"休问道。

"没那么大,但被认为是全世界第三长的。"

"我们要去那儿吗?"姗姆问道。

"这次不去。好了,现在请大家都睁大眼睛,往下看。看谁能第一个发现这座岛屿。"

大约十五分钟后,瑞德大叫起来:"那边有陆地!"

当他们从安德鲁斯岛上空飞过时,弗雷德教练通过无线电设备告诉他们,岛上有一个专门负责抓捕贩毒分子的秘密海军基地。

"他们会开枪打贩毒分子吗?"瑞德问道,"那里有海盗吗?"

教练平静地回答道:"不,他们一般不会开枪打贩毒分子……但如果有必要的话,也会。这里倒是有一些强盗。我觉得,你也可以叫他们海盗。他们袭击船只,抢走船上的高科技设备,比如雷达、全球定位系统、无线电设备和紧急救援无线电信号灯。不过类似的情况很少发生,你们不用担心。何况还有我会保护你们。"

特里斯坦轻声地对休说道:"是的,可得小心他那根发光的棒子,杀伤力太强了。"

"割鳍弃鲨呢?在这里也是违法的吧?"特里斯坦脱口而出。

戴维斯主管、桑切斯女士和弗雷德教练扭过头看着特里斯坦，他们的眼神仿佛是想杀了他，好让他永远闭嘴。连姗姆和休也一脸不可思议地看着特里斯坦。

"呃……我的意思是，如果有人为了割鲨鱼鳍把它们杀死，也和贩毒一样，是犯罪行为吗?"特里斯坦尴尬地问道。他一直学不会三思而后行，真是一个坏习惯。幸好，他并没说割鳍弃鲨是目前在这片海域里真实发生的事情。

"事实上，巴哈马政府最近刚通过了一项法令，禁止割鳍弃鲨，真是谢天谢地。"戴维斯主管回答道，"但这很难执行。他们没有足够的人力和船只，而且涉及的范围实在太广了。好了，请大家继续看地图。我们马上就要飞过一个又长又深的海湾，它位于安德鲁斯岛和安德鲁斯岛东面的那些小岛之间。这个海湾有将近一千英尺深，它的名字跟它的形状有关。你们知道它叫什么吗?"

营员们喊道:"海洋之舌!"

特里斯坦望向窗外，他看到安德鲁斯岛平坦的绿色海滨慢慢变成了一条浅绿色的狭窄水带，最后变成了深蓝色的海洋之舌。从高空中看，海洋之舌的形状并不像特里斯坦见到过的任何舌头。大约二十分钟之后，飞机就开始下降了。底下的水突然变成了亮绿色，水面上还漂浮着巨大的波浪形的白色织带。

"戴维斯主管，下面这些是什么东西?"特里斯坦问道。

"是浅滩上的鲕粒。"

"什么粒?"休问道。

"鲕粒。"戴维斯主管重复道,"这是一种沙粒,长得很像发光的白色圆珠子。它们只存在于世界上少数地方,是由水里的碳酸钙沉积而成的。碳酸钙就是石灰岩,粉笔的主要成分就是碳酸钙。"

"那为什么是一条条的?"特里斯坦问道,他的眼睛一直盯着底下。

"鲕粒被潮汐卷进水里,形成了巨大的沙波。就像沙子被风吹走,最后堆积成沙丘那样。只不过在海洋里,潮汐瞬息万变,鲕粒被海水卷来卷去,形成了白色的不断翻滚的水下鲕粒山或者沙浪。"

特里斯坦和其他营员一边听主管讲解,一边吃惊地看着底下那些波浪状的白色织带。

没过多久,他们又飞过了几个小岛,它们就像是点缀在宽广的浅滩上的小绿点。飞机继续下降时,营员们在海面上看到了一群正在喷水的鲸鱼。

但特里斯坦的注意力根本不在鲸鱼身上。他远远地看到了一艘船—— 一艘巨大的白色的船,但实在离得太远了,他看不清船身上是否有红色的字母。他转过头,想把这个信息告诉戴维斯主管。戴维斯主管也正盯着那艘远方的船,他的脸上充满了担忧。

很快,他们看到了一个更大的岛屿,直升机也开始快速降落。直升机低低地掠过一座草木茂盛的山丘。螺旋桨打在树上,把树枝都打断了,断落的树枝还差点砸在飞机的窗户上。

"好了，现在准备降落。"弗雷德教练通过无线电设备说道，"请大家把椅背调直，把安全带系好。天哪，这条跑道怎么比我记忆中短那么多。"

海鞘们被吓得魂不附体。

戴维斯主管大笑起来："他在和你们开玩笑。每次飞机上有新营员的时候，他都会这么说。这个笑话他都说了快一百遍了。"

飞机突然往下坠落，特里斯坦感到胃里一阵翻腾。几秒钟之后，他们就着陆了，教练踩下了刹车。特里斯坦的身体因为惯性，差点往前甩了出去。飞机先是转了个弯，然后沿着跑道慢慢滑行了一段距离，最后才完全停下来。当飞机转弯时，特里斯坦凝视着窗外。他们正好在沥青跑道的尽头停了下来。在他们眼前，只有沙子和灌木丛。特里斯坦长长地舒了一口气。

12. 海洋灯光秀

新营员们一下飞机，就看到一辆汽车沿着跑道朝他们快速驶来。它曾经应该是一辆非常漂亮的面包车，但现在只能从车的前半部分判断出它的车型。车身的其余部分已经锈迹斑斑，还有好几个洞。车顶的后半部分不见了，车里原本的座椅也已经被换成了木头凳子。

车厢里支着四根杆子，杆子上挂着一块红白条子的帆布，以代替消失的一半车顶。车顶上用红色的油漆写着"海岛母亲"。

这辆经过改装的奇怪面包车停了下来，从车里走出一个黑皮肤的巴哈马人。他个子很高，肌肉发达，额头和眼睛四周刻满了深深的皱纹。他穿着一条破破烂烂的卡其色短裤和一件破破烂烂的 T 恤衫，T 恤衫上印着"巴哈马群岛变好了"几个字。他和主管握了握

手说："戴维斯主管，很高兴见到你。虽然时间很仓促，但我们还是尽力把一切都安排妥当了。"

"营员们，这是马文·沃克先生，他是实验室的主管。不过我们更喜欢叫他独裁者，因为海洋实验室是这个岛上唯一的建筑物。"

男人微笑着说："是的，我今天忘了系腰带拿马鞭了。很高兴见到你们，你们可以叫我马文先生。请大家赶紧上车，我带你们去宿舍。"

弗雷德教练、桑切斯女士也和马文先生握了握手，然后他们帮小营员们爬上了"海岛母亲"的后座。戴维斯主管和马文先生则一起坐在前排，小声地交谈着。

"这车真不错。"瑞德讽刺地说道。

"那你应该看看它以前的样子。"桑切斯女士说道，"现在已经有了很大的改善。海岛的空气含盐量很高，能把一切都腐蚀掉。以前每天都有金属氧化物从车上掉下来，所以他们才不得不把后座的车顶割掉，并换上木凳子。"

话音未落，营员们就听到了巨大的剐擦声。不一会儿，汽车的保险杠就脱落了，掉在他们身后。

"你们现在该明白我的意思了吧。"桑切斯女士说道。可车子丝毫没有停下来的意思。

"他们就这样把保险杠丢在那里了？"特里斯坦问道。

"待会儿会有人来捡的。巴哈马当地人的口头禅是——马尼亚

纳——明天再说。"

车子驶离跑道，开上了一块硬泥地。为了躲避地上的坑洞和石头，马文先生不停地打方向盘，车子像蛇一样蜿蜒前行。面包车每转一次弯，地面上就会扬起一阵灰尘。

"这东西得装安全带。"休说道。他紧握着车上的固定物，同时用力屏住呼吸，尽量不吸入四处飞扬的细小白色颗粒。

"抓紧，哈弗福德，没事的。"教练说道。显然，他十分享受这样艰苦的坐车经历。

他们翻过了一座小山丘，面包车的后座就像鱼尾巴似的，一路狂摆。

"吼吼！"弗雷德教练喊道。

"他怎么成牛仔了？"特里斯坦低声对休说道。

汽车驶过了几间小木屋，然后停在了一个码头上。码头的木桩上拴着三艘小船。戴维斯主管先下了车："弗雷德教练、桑切斯女士，请你们带营员们去安顿一下。我先去办公室报到，一会儿见。"

硬泥路和码头之间有一块狭小的区域，车子开始艰难地掉头，一个车轮差点压到码头上的厚木板。

休用手捂住了眼睛："我实在看不下去了。"

幸好，马文先生凭着熟练的车技，成功地掉了头。车子开到一个尘土飞扬的十字路口，向左拐了一个弯。路边种着一些不知名的花、仙人掌和又短又秃的棕榈树，不过他们哪里都找不到路灯或者

路标。

"岛上的其他人呢?"特里斯坦问桑切斯女士。

"哦,每次我们一来,马文先生就会给大部分员工放假,让他们离岛,而且岛上也不接待其他访客,以便最大限度地保护我们的隐私。"

"不谈人员问题,但整个海洋实验室就这么大吗?"露西娜问道。

"对呀,的确不太像一个实验室。"瑞德补充道。

"在你们的期待中,它应该是什么样子的?迪士尼乐园吗?"教练问道,"这就是现实。没有奢华的酒店,也没有高档的餐厅,只有我们几个人和基本的生活设施。"

"好极了……"休说道,"不过,我母亲肯定不会赞同我的看法。"

在他们左手边的山坡上有一座面朝大海的小建筑。弗雷德教练指了指那座建筑,说道:"那是食堂。食堂旁边是小教室和实验室。沿着这条路走,能到宿舍。"

汽车停下来了。所有人都拿起自己的背包,从面包车上挤下来。

弗雷德教练在前面带路:"好的,请大家往这边走。和海洋公园一样,这里也有两个房间,一间是女生宿舍,另一间是男生宿舍。尽管房间不是特别舒适,但我想,只住一两天应该没问题。快

去把东西放在床铺上。三十分钟之后，请大家在食堂集合，一起吃晚餐。到时候我们会把规矩讲清楚。在此之前，请大家不要到处乱跑。"

休看看男生宿舍，说道："教练刚才说只有基本生活设施，还真不是开玩笑。"这个房间比壁橱大不了多少，但里面塞了两张上下铺。

"是的，但反正就住两晚。"特里斯坦鼓励道，"没事的，你就当是一次历险。"

他们各自选了一个床位放下背包，然后走出了宿舍。放眼望去，这里植物稀疏，既炎热又多沙。除了白色的石头和沙子，几棵脏兮兮的松树和几间一层楼的木房子之外，几乎一无所有。木房子建在石头悬崖上，俯瞰着海面，但无法触及海水。房子周边生长着茂密的绿色植物。

没走几分钟，他们就到了食堂。很快，营员们就都到齐了。他们坐在没有任何装饰的木凳子上耐心地等待着。戴维斯主管匆匆忙忙地走了进来，大概给他们讲解了小岛的历史。他还提到了那些房子和码头，最后跟他们说明了一下实验室的规矩。他说，营员们不能擅自去探险或者游泳，岛上的每一个人都必须节约用水用电，晚上可以沿着硬泥路逛逛，看看周围的环境，但绝对不能偏离方向，也不能在外面逗留太久。因为第二天早上，所有人都要早起。早餐后，他们就要出发去彩虹礁。他们只在岛上待两天，因此要尽可能

合理利用时间。当主管结束讲话时，晚餐已经准备好了，是鱼和薯条。

瑞德和露西娜马上大快朵颐起来，但特里斯坦、姗姆和休坐着一动不动，不安地盯着自己的盘子。

"我知道，你们中的一些人现在可能觉得吃海鲜不好。"戴维斯主管说道，"我会跟厨师说一下，让他从明天开始，给我们做点别的。但这道菜是巴哈马的特产，而且巴哈马的渔业得到了妥善的管理，是可持续发展的。今晚你们就勉为其难地吃一点，千万别饿着。"

特里斯坦看着盘子里的食物。厨师已经给鱼裹上了面包屑，然后放在油里炸过。经过这样的处理，至少看起来没那么像海洋动物了。

"就把它想象成鸡肉吧。"休说道。

特里斯坦探过身子，对休和姗姆小声地说道："你们觉得弗雷德教练和桑切斯女士去哪儿了？"

姗姆依然盯着盘子里的食物发呆："是的，他们去哪儿了？"

休的嘴里塞满了食物，所以他只能摇摇头。

晚饭后，瑞德和露西娜想待在食堂里看电视，因为他们找到了一部 DVD 播放器。但特里斯坦、姗姆和休决定出去转转。他们沿着主管说的路往前走。每走过几英尺，路两侧就各有一盏小灯，它们就像是闪闪发光的巨型蘑菇，照着路面。尽管有灯光，但四周还

是一片漆黑。再加上寂静无声，让特里斯坦觉得有些毛骨悚然——一点都不像社区的街道那样灯火通明。他们前面的阴影里，似乎有一个长着皮毛的大东西飞快地穿过了泥路。

"那是什么？"姗姆小声问道。

"我可不想知道。"休回答说。

他们三个人紧靠在一起，肩并肩地往前挪动，眼睛一眨不眨地盯着面前的道路。那些影子似乎也在沙子上移动，随时会伸出手抓住他们。

"快点。"姗姆说。她伸手去抓休的手，想把他往前拉，让他跟上。但姗姆一碰到休的手，休就往边上一跳，躲开了。不巧的是，他撞到了特里斯坦。特里斯坦一个趔趄，往前扑了一下。紧接着，特里斯坦的脚撞到了一块石头，在松软的沙子上滑了一跤，就像棒球运动员接球时那样。他试图保持直立，但他修长的身体和腿没办法保持协调。最后，他还是摔倒了，一屁股重重地坐在泥路上。

"幸好你能在水里游得那么快，特里斯坦。"休笑着说道。

"是的，是的。"特里斯坦回答道。他发现自己在海洋里泳技出色，所以对自己在地面上笨拙的表现倒也没那么介意了。当然，他肯定还是希望自己在地面上也能灵活点。

一只长着很多条腿、体型巨大的昆虫在特里斯坦的光腿上飞快地爬过。特里斯坦赶紧跳开："真恶心！一只大虫子刚刚在我腿上爬过。"

三个人吓得赶紧向前跑。他们在十字路口向右转，径直往码头跑去。在他们的右手边是实验室办公楼，里面还亮着灯。特里斯坦好像看到一艘船悄悄驶出了码头。孩子们刚刚跑到码头，就看到戴维斯主管迎面向他们走来。

"我早该猜到是你们三个。你们难道没听过'好奇害死猫'那句话吗？"

三个孩子摇摇头。

"呃，长官，刚才是不是有一艘船离开了码头？"特里斯坦问道。

"哦，是桑切斯女士和弗雷德教练，他们俩去明天的目的地看一下，提早做好准备。"

主管话音未落，就走开了，同时不忘回头对他们喊道："好了，别在外面待很久，明天可有你们忙的。"

"好的，长官。我们再看会儿海，就回去睡觉了。"休说道。

戴维斯主管停顿了几秒，满腹狐疑地看看他们，然后转身走进了办公楼。

三个孩子走到码头上。特里斯坦说道："一定发生了什么事，否则他们为什么要连夜出去？"

"是的，他们每年都来这里，应该很熟悉才对。"姗姆补充道。

"直升机降落之前，你们有没有看到一艘船？"特里斯坦问道，"我想，也许就是写着红色字母的可疑船只，他们很可能是去查看

那艘船的。"

他们说着说着，就走到了码头的最外面。

"哇哦！你们快看。"特里斯坦盯着水里，说道。

"那是什么？"姗姆问道。

"不知道。"特里斯坦回答说。

他们目光所及之处，到处都是一团团蓝绿色的光。亮晶晶的光点忽明忽暗，一缕缕线条从水里盘旋到水面上，一碰到水面，就炸开了。在炸开的一瞬间，释放出闪耀的云彩。这简直是一场海洋灯光秀。

"休，你见多识广，知不知道这是什么。"姗姆说道。

"应该是生物体发光现象，也就是海洋生物自身在释放光芒。但我不知道这些蠕动的线条是什么，也许是蠕虫。"

"是啊，有可能是某种变异的核蠕虫在发光。"特里斯坦说道。他看到其中一条发光的线蠕动到水面上，然后就炸开了，释放出耀眼的蘑菇云，紧接着又是另外一条。这个区域不断发出闪耀的光芒。突然，一条小鱼飞快地游过来，吃掉了一条刚浮到水面上的发光线条。"你们看到了吗？一条鱼刚刚把那条蠕虫一样的东西吃掉了。"

三个孩子坐在码头上，完全沉醉在这场精彩的海洋灯光秀里。越来越多的鱼冲过来，吞食浮到水面上的发光蠕虫。很快，他们听到了水花飞溅的声音，大鱼们也赶过来了。在发光的线条和蓝绿色

蘑菇云的照耀下，他们观赏了一场大鱼吃小鱼的表演。然后他们听到了更大的水花声。三个孩子立刻从码头边缘撤了回来。

"那是什么?"姗姆问道。

"不管是什么，听声音就知道体型非常庞大。"休说道。

特里斯坦站在码头边缘，侧着身子弯下腰，想看清楚水下的东西。那种奇怪的感觉又来了，仿佛不用看，他就知道水下有什么。说时迟那时快，一个巨大的背鳍游了过来。

"我想，应该是一条鲨鱼。"

三个人小心地弯下身子，仔细地盯着水里。很快，水下出现了两个背鳍，它们在不停地打转。

"好吧，鲨鱼男孩，你知道它们在说什么吗?"姗姆说道。

"在岸上很难听清楚。"特里斯坦说道。他专心地思考着它们到底是哪一类鲨鱼，尤其想弄清楚它们友不友善。

"也许你应该跳到水里去。"姗姆建议道。

休和特里斯坦不可思议地看着姗姆，仿佛她刚才是在建议特里斯坦跳进火山里，好感受一下熔岩的温度。

"水里一片漆黑，我们根本无法判断它们是哪种鲨鱼。"休说道，"或者到底是不是鲨鱼。"

"也许我确实应该下去。"特里斯坦低头看着海水，说道，"它们还在不停地转圈。说不定它们能为我们提供更多信息，让我们更好地了解那艘船和整件事的前因后果。"

"我也说不好……"休说道。

"码头边缘悬挂着一架梯子。"姗姆说道,"你可以顺着梯子往下走一点,看看水下的情况。"

"是的,那好。"特里斯坦表示赞同。尽管他并不确定这算不算是个好主意。

特里斯坦朝梯子走去。他脱掉了凉鞋,试探性地往下爬了两级。海水刚好漫过他的膝盖。特里斯坦停下了脚步,低头往水里看。发光的蠕虫已经停止了扭动,海洋灯光秀谢幕了。大部分鱼也消失了。他被笼罩在一片黑暗里。海水一片漆黑,他根本看不清水里的东西。特里斯坦定了定心,鼓起勇气又往下走了一级。他感觉到有什么东西在自己身边游动,他知道那是鲨鱼。"我又来了,"特里斯坦对自己说道,"冷静点。"

鲨鱼们游过特里斯坦腿边。但天色实在是太暗了,特里斯坦无法辨认出它们的种类。他聚精会神地想道:我很友善,请不要吃我。尽管很紧张,但他还是鼓起勇气,又往下走了一级,然后弯下腰,把头浸到水里。

鲨鱼们离特里斯坦更近了,它们的动作也更慢了。

"小伙子,我们才不想吃你这个瘦猴子!没意思,既没有好吃的鲸脂,也没有多汁的油。人类……难吃死了。"

这时,另一条鲨鱼插嘴道:"小伙子,我能不能舔一下你的脚趾,看是不是真的很难吃?"

特里斯坦赶紧往上爬了一级，心想：不要舔我的脚趾。

对不起，小伙子，我弟弟饿坏了。全是那艘船的错，现在鱼要么藏起来了，要么游走了。没有我的允许，它不会吃你的脚趾，何况脚趾上面一点肉都没有。我们带了消息给你。你要是肯帮我们，我们也会帮你。

"那么，"姗姆说道，"情况如何？"

"它们绝对是巴哈马本地鲨鱼——带着浓重的地方口音。它们说人类很难吃，还说如果我们愿意帮助它们的话，它们也会帮助我们。"

"听起来不错，但它们打算怎么帮我们？"休问道。

"等等，再给我一分钟。"特里斯坦对姗姆和休说道。他们俩从码头上探出身子，低头望着特里斯坦。

特里斯坦潜入水中。可惜的是，尽管他有水下视觉，却没有夜视功能。在这种情况下，距离自己五英寸以外的东西，他都看不清。他还差点和其中一条鲨鱼撞在一起："悠着点，小伙子，不要动来动去，我有很多消息要告诉你。"

"不，让我来跟他说，兄弟。"另一条鲨鱼撞了一下刚才说话的鲨鱼，对它说道。

"兄弟，小心点。你去抓点鱼来，我来告诉他。"

特里斯坦心想：赶紧做个决定，到底由谁来说，总之快告诉我。

两条鲨鱼停了下来，它们死死地盯着特里斯坦。特里斯坦知道它们生气了。

"我的意思是，呃，请你们中的一位告诉我。"

两条鲨鱼你一言我一语地把整件事说了一遍，中途它们还争论了好久。等谈话结束时，特里斯坦已经在水下待了至少十分钟。年长的鲨鱼还在试图说服年幼的弟弟，不要把人类的脚趾当零食吃，因为它们既没法填饱肚子，味道也不好。当特里斯坦从水里站起来时，看到姗姆和休正在码头上来回踱步，焦急地等待。

"它们说了什么？"休问道。

"我们得马上去找戴维斯主管。"特里斯坦边说边拿起自己的凉鞋，往码头外冲去。

"我们在飞机上看到的那艘船确实就是之前在这里屠杀鲨鱼的船只。飞鱼从船边飞过时，透过舷窗看到有三个少年被关在一个房间里。他们好像吓坏了。消息传出去之后，海豚和海鸥会定期去那里巡查。它们觉得那三个少年应该是海洋夏令营的营员——听起来应该是洁德、拉斯蒂和洛里。"

"所以我们离开营地前，才一直没见到他们。"姗姆醒悟道。

特里斯坦继续说道："船上有各种装备，船上的人往海里投炸弹，想把海底的东西炸上来。章鱼和鳗鱼现在都不敢从洞里爬出来，鱼儿们也都游走了，连鲸鱼都待不下去了。鲨鱼们非常不安，它们快被逼疯了，而且已经饥饿难耐。"

孩子们向实验室办公楼跑去。他们站在门口，敲了敲门。当戴维斯主管看到他们三个站在外面，特里斯坦还浑身滴着水时，忍不住翻了个白眼："又怎么了？"

特里斯坦走进办公室，把刚才发生的一切以及鲨鱼们告诉他的事全都汇报给了主管。

"你们待在这里，一步都不许动。"主管对他们说。

戴维斯主管向马文先生跑去，马文先生正对着电脑坐着，手里拿着一个无线电对讲机。他向孩子们点点头，打了个招呼。

戴维斯主管拿过无线电对讲机："海岛基地呼叫快艇一号，请回复。"

他又重复了一遍："海岛基地呼叫快艇一号，收到了吗？"

对讲机那头依旧没有回应。

"这是海岛基地，弗雷德教练，你在吗？"

无线电对讲机里传来咔嚓咔嚓的静电干扰声，最后终于传来了一个熟悉的声音："我是快艇一号。信号不好，你的声音时断时续。"

"教练，我们已经得到了确切的消息，营员们就在那艘船上。再重复一遍，营员们就在那艘船上。请你们立刻返回基地。"

"我们刚看到那艘游艇，目前一切正常。"

"好极了，但我再重申一下。我们已经得到确切消息，请你们立即返回。"

"收到，确认。我们立即返回基地。快艇一号出发。"

马文先生站了起来，他从旁边的架子上拿了一块毛巾，递给特里斯坦："给你，你得好好擦擦。"

"谢谢。"

"很好，你们三个又帮了大忙。"戴维斯主管说道，"现在你们得赶紧回去睡觉，我们明天早上再聊。"

"什么？"特里斯坦差点喊出来，"难道就不管洁德他们了？我们必须得做点什么。"

"是的。"姗姆说道。

"是的。"休的语气倒是没那么强烈。

"我们肯定会救他们的，请相信我，别担心。你们今晚已经帮了大忙，但到此为止。现在马上去睡觉，到了明天，一切就都好了。"

"但是我们能帮忙。"特里斯坦说道，"我知道我们刚入营，但我游得很快。姗姆可以通过回声定位，休能和章鱼交流，他还会伪装。"

"绝对不行！我们会处理的。请你们马上回宿舍去，就待在那里，哪儿也别去。"

特里斯坦和姗姆准备再和戴维斯主管争取一下。

"不用争辩了，马上走。"

三个孩子垂头丧气地离开了。

在回宿舍的路上，特里斯坦说道："我们必须做点什么，我们肯定能帮上忙。桑切斯女士不是说，我们的技能只能维持几年吗？我怀疑他们是不是已经完全丧失了技能。"

"我也不确定。不过桑切斯女士现在还能跟动物沟通。还记得在康复中心的事吗？"休说道。

"是的，休说得对。"姗姆补充道。

"但我还是觉得我们得帮忙。"

回到宿舍后，他们发现瑞德和露西娜正在等他们。

"你们去哪儿了？"露西娜用惯常的极不友善的语气问道。

特里斯坦看看姗姆和休，然后耸了耸肩，把整件事告诉了瑞德和露西娜——从上第一节课之前，在潟湖码头听到割鲨鱼鳍的事，到刚才在实验室办公楼里发生的事。

"天哪！"瑞德说道，"我就猜到一定发生了一些不可告人的事情。"

"不，你没有，马后炮。"露西娜嘲笑道。

"你干吗叽叽歪歪？请问你的海洋技能是什么？"瑞德说道。

"我不知道。"露西娜含糊地说道，然后在一张床铺上坐了下来。

"我相信你肯定有很酷的技能。"特里斯坦对露西娜说道，露西娜吃惊地抬起头看着他。"但现在的当务之急是救出洁德他们。"

"对，不过你也听到主管的说法了，他们不需要我们的帮助。"

休说道。

"我不可能干坐在这里，更别说睡觉了。我们溜到实验室办公楼去看看事情进展如何怎么样？也许我们能帮上忙。"特里斯坦建议道。

大家都表示赞同，他们蹑手蹑脚地溜回实验室办公楼和码头一带。

13. 一只大鸟

办公室窗户里透出了微弱的光。特里斯坦踮起脚尖，趴在一扇窗上，暗暗观察里面的动静。房间里空无一人，但他看到屋子里还有另一扇门，那扇门里灯火通明，有好几个人在聊天。特里斯坦竖起一根手指放在嘴边，示意大家小声点。然后他挥挥手，让他们往前走，而他自己则更加谨慎地沿着办公楼走。他发现有一条泥路可以绕到办公楼的右边。沿着泥路没走几步，他就看到了一个楼梯。特里斯坦爬了上去，来到一个木头露台上。透过露台上的纱门，他能把屋子里的情况看得一清二楚。这是一间起居室，正好连着实验室办公楼。马文先生、戴维斯主管、弗雷德教练和桑切斯女士围坐在一张咖啡桌边，他们面前放着一张巨大的海洋地图。

特里斯坦蹲下身子，藏在暗处。他沿着门廊蹑手蹑脚地移动

着，想找一个偷听的最佳位置。其他营员们也跟了上来，他们猫着腰、踮着脚，尽可能不发出声音。但想要完全不出声是不可能的，因为露西娜和瑞德为了抢位置，不停地推来推去。他们俩都想听得更清楚。

"既然已经知道他们在船上，我们现在得赶紧想办法把他们救出来。"戴维斯主管催促道。

"我可以联系安德鲁斯岛的朋友，"弗雷德教练建议道，"他们有先进的设备、充足的人手。有必要的话，我们可以对那艘船发起猛攻。虽然很可能会造成一些伤亡，但关键是速度。"

"呃，我不认为这是最佳方案。"戴维斯主任回答道。他停顿了一下，不住地摸着自己前臂上的疤痕，满脸担忧："教练，如果船上装有雷达，我们能靠它多近？"

"不可能靠得很近。"教练回答道，"我也很担心这一点。因为一旦他们启动雷达，轻而易举就能发现我们。如果我们能回到营员们的年纪，重获特殊能力就好了。"

"但这不可能。"桑切斯女士说道，"也许我可以找当地的海洋生物帮忙，不过我在海洋里的交流能力也退步了很多。还有一个问题：即使我们能把洁德他们救下船，怎样才能保证他们或者我们不被瑞克顿的人追上？"

"哦，我能解决这个问题。"弗雷德教练说道，"我带了些东西过来，能确保我们把营员们救出来之后，船上的人根本没时间追

他们。"

马文先生指指海图："这艘船停在格洛弗礁背风处的海湾里。从海洋实验室出发，开船大约需要三十分钟。在这个狭窄的岛屿——史丹利之颈——的南边，有一个不大不小的岩洞。只要你们藏在岩洞里，雷达也监测不到你们。"

特里斯坦轻轻地向小屋靠近了些，想看一眼桌上的海图。其他海鞘也往前挪动了几步。尽管他们的动作很轻，但还是惊动了一只蓝色的大苍鹭，它正在附近的红树林里觅食。它边叫边拍打着翅膀，往空中飞去。它嘶哑、短促的叫声无异于突然打破了沉寂的雾角①声，把营员们吓了一大跳。他们尖叫着跳了起来。突然有一个人摔倒了，于是他们一个推一个，直到五个人的四肢和身体都纠缠在一起，摔到地上。当特里斯坦回过神的时候，已经看到愁眉不展的戴维斯主管站在他们面前。

"我早就猜到你们三个不会乖乖听话的。"他说道，"现在还把所有人都叫齐了。"

"想让我好好收拾他们吗？"弗雷德教练把手插在屁股口袋里，坚定地说道。他盯着营员们的眼神，好像他十分乐意把他们绑在混凝土块上，丢进"海洋之舌"里。

"嘿，我们也只是想帮忙而已。"特里斯坦说道，"我们知道那

---

① 雾角：大雾时发出响亮而低沉的声音以警告其他船只的喇叭。

艘船的事，知道鲨鱼被屠杀的事，也知道洁德他们被抓到船上的事。我们肯定能帮上忙的——我们有特殊技能。"

弗雷德教练瞪了特里斯坦一眼。

"我的意思是，我们真的很想帮忙，我们游得很快，还能与海洋生物交流。拜托，让我们参加吧。"

戴维斯主管摇摇头："不行。"

所有人都沉默了，直到桑切斯女士打破了尴尬："啊，迈克，也许他们确实能帮上忙。我的意思是，如果你不想别人参与的话，他们可以待在安全的地方，协助我与海洋生物沟通。"

"这样的话，应该能帮上大忙。"马文先生说道。

"反正，我们也能看着他们。"弗雷德教练说道，他直直地盯着特里斯坦，就好像要把他用狗项圈拴起来，时刻监视他。

"他们身上戴着追踪器。华盛顿方面很快就会发现我们的实际行程和发给他们的计划有出入。"

休抬起手："呃，先生，难道就不能改变一下追踪器的追踪范围吗？这样信号就会始终在这个小岛附近移动。或者干脆调整一下程序，把信号设定到该出现的地方。我们根本不用把跟踪装置取下来，只要稍稍修改一下控制软件就行。"

所有人都转过头，盯着休看。

"我不确定。我得问一下弗拉什能不能这么做。"戴维斯主管说道。显然，他被休这个略显邪恶但很吸引人的建议吓到了。

"我应该能帮忙，长官。我在电脑方面很有天分。"休补充道。

"拜托了，戴维斯主管，让我们帮忙吧。"姗姆说道，"我们不会惹麻烦的。"

"是的，让我们帮忙吧。"瑞德、特里斯坦、休，甚至连露西娜也恳求道。

孩子们足足求了十几分钟，最后连桑切斯女士也表示支持，弗雷德教练还保证说，自己会让孩子们乖乖听话。戴维斯主管这才答应下来。接着，所有人一起进了屋子，对着地图制订计划。

几个小时后，就要日出了。弗雷德教练站在码头上，他整个人被笼罩在凌晨昏暗的光线里。有两个身影朝远处的点礁游去。桑切斯女士和休轮流潜到水里，和生活在这片小珊瑚礁里的动物们进行交流。特里斯坦和他刚认识的巴哈马鲨鱼兄弟在附近游泳。但特里斯坦略微感到有些不安，因为鲨鱼弟弟似乎仍旧执着地盯着他的脚趾看，仿佛特里斯坦的脚趾是美味的维也纳香肠。姗姆也在不远处，她和一头巨头鲸和一头海豚在一起。在此之前，他们尝试在马文先生的小屋里打个盹儿，但他们实在太兴奋了，根本没人睡得着。休还和弗拉什打了一个小时电话。在弗拉什的指导下，他把追踪器上的显示程序给改了。

露西娜、瑞德和教练一起站在码头上。

"戴维斯主管说，如果你准备好了的话，他随时都能出发。"瑞德汇报道。

一只巨大的鹈鹕从他们头顶上方猛扑下来，落在露西娜身边。

"快瞧瞧。"弗雷德教练笑着说道。

鹈鹕摇摇晃晃地向露西娜走去，啄了一下她的腿。

"嘿，见鬼……"露西娜咒骂道。突然，她的语气软了下来："哦，是你啊，亨利。"

又有六只鹈鹕飞了过来。它们排成一队，张开宽大的翅膀，在水面上低低地滑行。这些大鸟绕了一圈之后，就落在了附近的红树林里。很快，两只漂亮的鱼鹰也加入了它们的队伍。鱼鹰骄傲地栖息在树干上，挺着白色的胸脯，嘴巴翘得老高，褐色的翅膀偶尔扇动一下。它的眼睛上长着一道褐色的条纹，俨然是戴着面具的空中卫士。鱼鹰后面来了两只蓝色的小苍鹭停在码头上。它们个头很小，但毛发光滑，从头到脚都是深灰色的，长着又长又尖的黑色鸟喙。紧接着，又飞来了五只巨大的土耳其秃鹰——它们丑得能吓死人。除了脖子，它们全身上下长满了脏兮兮的深棕色羽毛。脖子上的羽毛更细、更黑，就像戴着一个能往上翻的毛领子。它们的头是灰色的，头上不长毛，却长满了老年人脸上的那种皱纹，非常怪异。它们弯腰驼背地站着，像极了鸟类世界里的恶棍。最后来了将近五十只海鸥，它们也停在码头附近，加入鸟类大军中。

"看起来，亨利带帮手来了。"弗雷德教练说道。

"是的，它们正在七嘴八舌地讨论。"露西娜说道，"这些黑色的大鸟正在告诉那些灰色的小鸟，自己心眼儿不坏，长得也不丑，

只是体型比较大而已。以土耳其秃鹰特殊的审美观来说，它们长得还很漂亮。不过，我真看不出来。还有海鸥们也在喋喋不休。它们的笑声可真烦人。"

土耳其秃鹰偏着头，盯着露西娜看。它们要么正在努力地让自己看起来更可爱，要么就在思考该先撕掉露西娜身上的哪个部位。海鸥们也转过头，愤怒地看着露西娜。从它们的眼神里可以看出，它们觉得自己受到了侮辱。

瑞德和教练看看鸟儿们，再看看露西娜。

"好极了，冈萨雷斯，我们终于发现了你的第一项技能。"弗雷德教练对露西娜说道，"你能跟海鸟交流。如果我是你的话，以后谈论它们的时候，一定会小心措辞。"

露西娜笑了起来，接着说道："鸟儿们说它们已经准备好了。鱼鹰说，如果要组一支队伍的话，它们想飞在前面带路。但土耳其秃鹰在跟鱼鹰争论，它们也想带头。海鸥们正在大发牢骚，因为从来轮不到它们飞在队伍的最前面。"

"现在需要大家团结一致，以后再讨论谁先飞的问题。"弗雷德教练一说完，就吹了一个响亮的口哨。桑切斯女士和在水里的另外三个营员抬起了头。教练向他们招招手："趁天还没亮，我们得赶紧出发了。"

14. 岩洞

清晨的风十分清爽，天空也亮了起来。虽然太阳还没有露面，但天空中出现了一道道橙色光芒，预示着太阳即将从东方升起。在那座狭小的巴哈马岛屿——史丹利之颈——的临海面上，两艘小敞舱船缓慢地穿过浅湾。船长把船舱外的发动机螺旋桨升了起来，以免撞到水底下的珊瑚和岩石。哪怕是大白天，在这个地方航行的难度也很大。当他们靠近岩洞入口时，速度更慢了。两艘船一前一后地挤在水道的右侧。因为马文先生跟他们说，右侧的水更深，只要沿着这条水道一直往前开，他们就能到达岩洞。一进入岩洞，他们眼前就会变得一片漆黑。

桑切斯女士坐在前面的船上，手里拿出一根塑料灯光棒。她把它折了一下，以便让里面的化学物质混合，发出明亮的绿光。绿光

照在水道两侧湿润的石壁上，仿佛他们正顺着某个岩石巨怪的口水，从它张开的巨型大嘴进入它的胃里。特里斯坦和其他营员一言不发地坐在船上，紧张得大气都不敢出，好像他们正前往地狱。

水道越来越窄，洞穴顶部越来越矮。所有人都本能地低下身子闪躲。特里斯坦、姗姆、休、弗雷德教练和桑切斯女士坐在前面的船上，露西娜、瑞德和戴维斯主管坐在另一条船上。特里斯坦怀疑他们是不是已经到达岩洞的最里面。如果是的话，这个地方其实并不适合隐藏。

没一会儿，两侧和顶部的石壁突然消失了。他们陷入了一片空旷的黑暗里，让人心里发毛。桑切斯女士把灯光棒扔到了空中，灯光棒照亮了周围的环境。两三秒之后，就掉进了前方的水里。他们发现自己正处在一个岩洞里，这个洞穴大概有一个足球场那么大。

弗雷德教练也折了一根灯光棒。这次他们看见岩洞里长着很多石笋，像极了建造在岩洞底部的大理石柱子。弗雷德教练把船开向右边，在石笋之间蜿蜒前行。特里斯坦抬头看了看，岩洞顶上也挂着螺旋形的石柱，石柱的顶端正在往下滴水。教练把船停在一块平坦的大岩石上，戴维斯主管的船也在旁边停了下来。岩洞里回荡着响亮的沙沙声，好像是某种动物拍打翅膀的声音。

休吓得蹲在地上："是蝙蝠吗？"

两只蓝色的小苍鹭停在主管的船头上。

"我们的小鸟侦探，回来得正是时候。"弗雷德教练说道，"冈

萨雷斯，请帮忙翻译一下。"

露西娜看起来很高兴："好的，嗯，当然没问题。"

戴维斯主管牢牢盯着露西娜。显然，他心底里很不愿意让小营员们一起来。

露西娜向大家转述了苍鹭们看到的情况。最后，她说道："苍鹭们看到船上有三个男人，但不排除还有更多人，他们佩着枪。鸟类讨厌枪，也讨厌那些用枪的人。"

"鸟类可不是唯一讨厌枪的生物。"戴维斯主管对弗雷德教练和桑切斯女士说道，"早知道，我们应该把营员们留在实验室，和马文先生待在一起。"

"他们能帮我们尽快把人从游艇上救出来。"教练回答道，"别担心，我们不会靠近那艘船。"

"最好这样。"戴维斯主管焦虑地说道。

"现在开始第二阶段的行动。"教练命令道，"所有人都补足水分了吗？再多喝几口。然后请哈弗福德和马滕做好准备，大家到船边上来。"

营员们赶紧拿出夏令营的特制水，咕咚咕咚地喝着。与此同时，桑切斯女士又折了一根灯光棒。她用绳子把灯光棒固定在船身上。特里斯坦和其他人立刻就着灯光，弯下身子，仔细观察水下的情况。水清澈如镜，深约十英尺。在绿色灯光的照耀下，他们看到了精美绝伦的海洋生物秀。

"太棒了！"特里斯坦说道。

"美极了！"姗姆补充道。

"很好……"休激动地喃喃自语道。他的口气像极了恐高症患者马上要去帝国大厦楼顶的空中平台上走一圈。

三只乌贼围着伸进水里的灯光棒游来游去，每一只都有一英尺长。它们的身体像一个橡皮袋，两侧长着彩虹色的大眼睛和透明的鱼鳍，它们伸出两条长长的触角和八只手臂，在身体前挥舞。这时，一群光滑的银色鱼儿慢慢游到了乌贼的下方。它们的身体闪闪发亮，张着嘴，露出一排又尖又锐利的牙齿。

"那些是梭鱼吗？"休紧张地问道。

"嗯，是的，它们身体灵活，充满好奇心，而且颇有领地意识。"桑切斯女士说道。

"它们喜欢吃什么？"

"别担心，休。我肯定，它们不会伤害你的。一般来说，它们只会驱赶乌贼，吓唬或者审问擅自进入它们领地的生物。这里很可能是它们的领地。"

桑切斯女士还没说完，休就看到三只如篮球般大小的粉色水母，迎着光线，漂了过来。

"天哪，居然还有水母？"休摇着头说道。

"它们是懒散的海月水母。快看水底，休。"

两条章鱼正坐在水底，伸着长满吸盘的手臂，抬头盯着他们

168

看。章鱼全身淡绿色，和灯光棒散发的颜色一致。几只深石榴红的大螃蟹，举着钳子，试探地伸向其中一只章鱼的手臂，好像在考验章鱼的忍耐度。

两条海豚游到了姗姆身边。

"哦，嘿，你们好。"姗姆笑着说道。

"好了，孩子们，别发呆和闲聊了，赶紧做正事。"弗雷德教练说道。

姗姆没怎么犹豫，就跳到了海豚身边。但休就没那么干脆了。他慢慢地脱下自己的防风夹克，一开始还想把 T 恤衫也脱了，但最后决定还是穿着。然后，他又喝了几口水，检查了一下游泳裤的口袋。最后，他坐在船尾的小跳水平台上，呆呆地盯着底下的水和水里的生物。

"别担心，休，你能做到。"特里斯坦说道，"想想我们为什么来这里，就当是历险。"

"是啊，你说得倒容易，又不是你跳进去。"

"看在上帝的分上，拜托你动作快一点。"弗雷德教练边说边朝休走去。

休看到教练走过来，赶紧滑进水里，但他的一只手还扶在跳水平台上。几条梭鱼朝休慢慢移动过来。水母撞了一下他的腿，又朝他的手臂快速游过去。休惊慌失措地爬上了跳水平台。他的动作前所未有地快，惊得所有人都目不转睛地盯着他。

"好的，好的，我马上回水里去。"他抱怨道，"你们有谁摸过水母吗？太恶心了！就像一个用凝胶做的球，黏糊糊的。"

休坐了下来，他深吸了一口气，又滑进了水里。他在水里游了几分钟，不停地环顾四周，非常紧张。然后，他抬起头看看船，瞄了一眼跳水平台。弗雷德教练正站在那里，看着他。休摇摇头，深吸一口气，潜了下去。几分钟之后，他浮出水面，换了口气，又回到了水下。当休再次浮出水面的时候，他从水里爬了出来。尽管他的身体还在颤抖，但他站得笔挺，抬头挺胸。显然，他对自己能在一个黑暗的岩洞里和海洋生物一起游泳，感到相当自豪。

"情况如何？"桑切斯女士问道。

"还不错。梭鱼们缠着我问各种问题：我是哪里人，我喜欢吃什么，我的家是什么样子的。但水母们对这些统统不感兴趣。它们的态度就像是：嘿，兄弟，怎么了？"

"它们是流浪者，非常懒散。"桑切斯女士说道，"你和章鱼、螃蟹聊了吗？"

"是的，我把鸟儿们告诉我们的情况，转告给了它们。"

这时，姗姆也爬回了船上："是这样的，海豚们随时整装待发，但'海洋之舌'里的盲鳗出了问题。"

"早该猜到了。"弗雷德教练回答道，"它们非常狡猾。哪里有食物，就会蜂拥而至，一旦有事情找它们帮忙，它们就会偷偷溜走。怪不得鳗鱼们总抱怨说，盲鳗跟鳗鱼很像。这种说法实在太肤

浅了。盲鳗只是长得像鳗鱼而已，实际上它们是八竿子打不着的远亲。这次它们又怎么了？"

"有几条鲨鱼的尸体被丢弃在'海洋之舌'，还有一条鲸鱼的尸体也沉在那里，所以盲鳗们都忙着大快朵颐。海豚们说，它们实在吃得太多了。有一些还吃撑了，动都动不了。"

"听起来很像感恩节时我家里的情况。"特里斯坦对休小声地说道。

"它们居然还敢质疑自己的名声差，这个物种实在太自私了。"教练说道。

"别这么说，教练，也不能真的怪盲鳗。"桑切斯女士说道，"在深海里，这样的大餐百年难遇，就像是从天上掉下来的馅饼。"

"是的，是的。"弗雷德教练回答道，"但它们能在短时间内生产出大量质量上乘的黏液。看来我们得靠自己来完成这个'滑倒'计划了。"

露西娜小声地咳了几声，引得所有人都回头看她。

"嗯，我想，也许我能帮上忙。"

"怎么帮？"戴维斯主管问道。

"说起来有点恶心，所以我之前一直不想告诉你们。一到海水里，我的双手就会变得很黏。如果我用力压手指，还会产生一种恶心的黏液。"

"你为什么不早说，这实在太棒了！"桑切斯女士说道，"你能

制造黏液！"

"是啊，太棒了。"露西娜说道。但显然，她对自己的新技能并不是很满意。

"太酷了。"特里斯坦补充道，但姗姆好像被恶心到了。

"好极了！但我也不敢保证，在现在这种情形下，能不能用上你的技能。"戴维斯主管说道，"我不希望任何营员靠近那艘游艇。"

"嗯……"弗雷德教练沉思了一下。"结合其他营员的技能，我有个方法能让露西娜帮上忙。"

教练拿出了藏在船里的小塑料袋，然后向大家解释了自己的主意。营员们的脸上露出了笑容。

"太邪恶了！"特里斯坦说道。他脑子里想的却是，要把这招用在他姐姐身上。

"好了，请大家都准备好。"戴维斯主管命令道，"营员们，如果事情进展不顺利，我要求你们尽快回到这里。无论发生什么，请大家务必远离那艘船和船上的人。"

15. 螃蟹侦察员

营员们还在岩洞里商量行动计划时，停靠在格洛弗礁背风处的"雄伟号"游艇上的船员们已经开始了每天的日常工作。艇长和大副正在检查控制台和船锚，厨师正在准备早餐。厨师按照船主约翰·皮尔庞特·瑞克顿先生的要求，把餐盘整整齐齐地摆放在桌子上。瑞克顿先生向来只用质量最上乘的陶瓷和最珍贵的水晶。

无论从哪一方面来说，这艘游艇都称得上极其奢华。看得出来，主人在设计、建造和装修上都花了大价钱。甲板是手工打磨的柚木，精致的地毯产自古波斯，浴室铺着大理石，连水龙头都是用金子制成的。哪怕在卫生间里，也装有温控系统，主人可以随意调节温度。墙上还挂着很多油画，画的是暴风雨中的轮船和古老的港口，每一幅都价值连城。

为了满足自己的不良嗜好，瑞克顿在世界范围内掠杀珍稀动物，寻找沉船。他还把所谓的战利品展示在船上。墙上挂着濒临灭绝的黑犀牛、珍贵的羚羊头骨和一条八英尺长的蓝枪鱼。在大厅里，放着一张玻璃咖啡桌。咖啡桌的底座是用大白鲨的下颌骨做成的。咖啡桌下面垫着一张用北极熊的毛皮做成的地毯。船上到处摆着瑞克顿从沉船里搜罗、掠夺回来的装饰品和手工艺品。有镶嵌着珠宝的匕首和杯子，画着精致装饰的陶瓷盘子和花瓶，还有不知道哪位船长留下的古老、残旧的真皮航海日志。船上的每一个角落无不彰显着瑞克顿的财富、权力和个人嗜好。

甲板下放着瑞克顿更加实用的爱物，比如摩托艇、水下摩托车、自给潜水装置、一部带高清镜头的遥控车和一个磁强计。

两个安保人员站在上层甲板上抽烟，他们得赶在瑞克顿完全睡醒之前，抓紧时间放松一下。因为一旦瑞克顿起床了，就会命令他们干这干那。

"要怎么处理那些孩子？"其中一个男人问道。

"爱管闲事的小屁孩。我们一找到沉船遗骸，就把他们丢进'海洋之舌'里。鲨鱼会把他们啃得连骨头都不剩的。"

"他们说，他们想看游艇内部的豪华装饰才跑上来了，鬼才信呢。再说他们手腕上还戴着追踪器——虽然现在的家长的确有些偏执。幸好我们搜了身。"

"是的，他们看到的太多了，肯定知道我们在卸鲨鱼鳍。"

"嘿，也许我们可以用他们作诱饵，抓更多的鲨鱼，好好捞一笔。"

"对，特别是如果我们找不到沉船的话。瑞克顿已经疯了，誓死要找到那艘船。尽管已经找了好几天了，但仍旧一无所获。他的脾气比以前更加阴晴不定了。"

两个保安继续埋怨着老板的坏脾气，而此时船后方悄悄地发生了一些不同寻常的事。两只海豚在水面下静静地游动着。一只海豚抬起头，环顾四周，然后把嘴支在船尾的木头跳水平台上，从嘴巴里轻轻吐出好几个圆形的物体。圆形物体跳上台阶，爬到了甲板上。它们在地板上弹跳、翻滚，然后消失了。另一只海豚游向一个用于布置设备的斜坡。它猛摇了一下尾巴，一个棕褐色的软球飞了出去。软球击中了斜坡，轻轻地发出了砰的一声。两只海豚赶紧沉到水下。

一只章鱼在斜坡上伸展开带吸盘的八条手臂，然后摇摇头，仿佛在驱赶被砸时眼睛里冒出来的星星。几秒钟之后，它就启用了伪装技能。这个柔软的生物变得和斜坡一样光滑、洁白。章鱼把自己的身体压扁，沿着斜坡向上爬行。即使有人看到，也会以为斜坡古怪地膨胀了，延伸到船里。

船上，厨师已经备好了瑞克顿的早餐。瑞克顿每天早上都要吃两个单面煎的鸡蛋——不煎的一面必须朝上摆放，五片培根，再加上两片半现烤的酵母面包。面包必须烤得刚刚好，呈金黄色。他抽

空给船上的不速之客端来早餐。毫无疑问，很快，他那位挑剔的老板就会狂按服务铃。一想到这里，他就烦恼不已："吃早饭了，孩子们。千万别耍花招，不然我就叫保安进来。"

"我们不会乱来的，"洁德用温柔得有些夸张的口气大声说道，"但我们很想去上厕所。"

厨师用钥匙打开门，从门缝里塞进来三碗团块状的燕麦粥和几瓶水："好的，可以。但只能一个一个去。"

洁德扶洛里站了起来。洛里和拉斯蒂被拖上船的时候，和船上的人好好干了一架。他们身上有瘀青，疼得厉害。营员们轮流离开船舱，他们得往下走一小段距离，才能到卫生间。厨师紧盯着他们。等所有人上完厕所，他飞快地锁上门走了。营员们佯装身体虚弱，找不到方向，但实际上每个人都仔细观察了游艇里的布局，寻找任何能帮助他们逃脱的线索。

三个十七岁的少年坐在船舱里，试图想出一个从船上逃跑的方案。但船上有保安，有佩枪人员，门还被锁起来了，他们也实在想不出什么切实可行的办法。

洁德突然中断了讨论，瞪大眼睛盯着门缝处："这是什么东西？"

于是，三个人都盯着甲板和门之间的缝隙往外看。他们看到褐色的柚木地板凸了起来，朝他们不断延伸过来。洁德揉揉眼睛，又往缝隙处靠近了一点，想看得更清楚。

移动的地板下突然伸出了带吸盘的手臂、两只眼睛和一个球状的脑袋。一只褐色的章鱼从门缝里挤了进来，看来它不仅是伪装专家，还是跳林波舞的高手。他们暗自庆幸章鱼的到来，同时也深深佩服它的灵巧。章鱼朝洁德爬过去，爬到了她的腿上。

从直升机上下来之后，洁德已经很久没有喝过海洋夏令营的特制水了，所以她用了比往常更久的时间，才开始与章鱼交流。大约十五分钟后，这只鬼鬼祟祟的章鱼挥着一只手臂，然后身上闪过了一道彩虹。它跳到地上，变成了和柚木地板一样的颜色，从门缝底下滑了出去。几秒钟之后，洁德他们听到有人摆弄门锁的声音，紧接着是一片沉默。

营员们小心翼翼地推门出去，而章鱼则沿着来时的路，穿过游艇，慢慢地爬了回去。当它身体下方的颜色变化时，章鱼的身体也会变成同样的颜色、形状和质地。它的伪装毫无破绽——仿佛天生就穿着一件隐身衣。章鱼看到船舷上的栏杆，立刻伸出八只手臂，用力抓住栏杆往上一爬，跳回了海里。

这时，三个潜水员正在下层甲板做准备。新的一天开始了，他们又要为瑞克顿去寻找沉船残骸。第一个潜水员正在检查水下摩托车，确保电池是满的。第二个潜水员正在检查自给潜水装置，确保罐子里装满了氧气。第三个潜水员正去干燥架上拿湿式潜水服。他踢到了一个又硬又小的东西。这个东西在地上一阵翻滚，弹到了船的另一侧。潜水员弯下腰，把它捡了起来。

"这是什么？"另一个潜水员问道。

"一只寄居蟹。肯定是我们昨天潜水时，它卡在传动装置里了。"

他走到船尾，把寄居蟹随意往水里一丢。但他不知道的是，游艇上现在还有另外四只寄居蟹。这些甲壳类小动物正在执行侦察任务。它们的硬壳为自己提供了保护，而它们长在肉茎上的眼睛，能灵活旋转，非常适合三百六十度全方位的侦察。当然，在必要的时候，它们还能用钳子爬上爬下。

负责侦察大厅的寄居蟹爬过那张大白鲨咖啡桌。它突然停了下来，盯着大白鲨被剥离出来的牙齿看。然后它转动长在肉茎上的眼睛，仔细观察着房间里的情况。楼梯的上方出现了一个男人，他正往下层甲板走来。他径直朝寄居蟹走过来。螃蟹赶紧缩进自己的壳里，滚到一边的椅子底下。几分钟之后，螃蟹探出头，看侦察警报是否已经解除。它的八只脚同时移动起来，它在房间里爬来爬去，继续侦察工作。它完成任务之后，和其他同伴一样，把身子缩进壳里，滚到甲板外面，进入了游艇的排水口。甲板上的漏斗状深槽原本是用来把船上的水排到海里的，现在却恰巧为寄居蟹提供了一条绝佳的撤退道路。

"先生，很抱歉打扰您吃早餐。"艇长对船主说道，"有一艘小船正在向我们的船尾靠近。"

瑞克顿在宽敞的头等舱里吃早餐，面前是一张上了漆的小桌

子。听到声音，他抬起头，盯着艇长。一小块黄色的鸡蛋挂在他湿润的嘴唇上摇摇欲坠，咖啡滴到了他深色、稀疏而凌乱的山羊胡上。他头上光秃秃的，眉毛却出奇地浓密，黄褐色的皮肤衬得小眼睛漆黑如墨，这让他的脑袋看起来就像个长了毛的保龄球。他不瘦不胖，却粗壮敦实，整个身体罩在一件深红色的丝绸浴袍里，显得越发矮小。艇长站在一边，看着他的老板，脸上毫无表情。

"如果他们停下来或者靠我们太近，你再来汇报。否则，就按原计划进行。"瑞克顿的语气很粗鲁，仿佛在说没什么事儿别来烦我，还好艇长已经习以为常了。

艇长让大副拿着望远镜，去船尾盯着那艘船。如果它始终跟在后面没有超上来，就立刻到驾驶舱跟自己汇报。大副走过保安身边，顺便把这件事告诉了他们。于是，三个人决定一起到船尾察看情况。

大副拿起望远镜："看起来像是开船出海的游客。他们一定是从大埃克苏玛岛来的，不小心迷了路。兄弟，现在真是什么人都敢开船，一群傻子。有些人就应该永远不准开船。"

"让我看看。"一个保安抢过望远镜。看起来，这确实是一个外出游玩但不幸迷了路的家庭。父亲在掌舵，船一会儿往前，一会儿往后，就是没办法向前进。母亲靠在船边，好像晕船了。他们俩都穿着难看的亮色夏威夷衬衫、棕褐色的短裤、黑色的短袜和一双凉鞋。船上还有三个小孩，他们身上套着大号的勒脖子的橙色救生

衣。他们挤在操舵台前面的小座椅上，好像吓坏了。船时不时地突然转向，孩子们被甩出座位，摔到甲板上。在距离游艇大约一百码时，这艘船慢慢地停了下来。父亲把锚扔到了海里，当锚上的绳往船外滑的时候，他差点被绊倒。然后他拿出了几根钓鱼竿，又差点戳到一个孩子身上。

"他们在干什么？"另一个保安问道。

"他们似乎想钓鱼。"拿着望远镜的保安回答道。

大副拿出无线电对讲机："艇长，那艘船停下了。他们好像想钓鱼。"

弗雷德教练和桑切斯女士在小船上尽量表现得手足无措。他们装作不会使用鱼竿，还时不时跌跌撞撞或者撞在一起。桑切斯女士靠在船舷上，假装晕船，想吐。特里斯坦、休和姗姆穿着不合身的救生衣，卖力地假装受到了惊吓。这倒也并不是很困难，因为毕竟游艇上的人带着枪，还绑架了三名大营员。

"好了，马滕、哈弗福德，现在得麻烦你们俩跳到水里，向侦察小队搜集情报。"教练说道，"它们随时都有可能回来。姗姆，请帮我告诉海豚们，我为游艇上的朋友们准备的特殊礼物应该放置的具体位置。还有，我们必须弄清楚，他们会不会派潜水员到水里去。就跟我们计划好的一样，好吗？"

"明白了，教练。"姗姆说道，休也点点头。他们俩喝了一口瓶子里的水，并暗暗祝自己好运

姗姆和休解开了救生衣上的带子，和特里斯坦假装打了起来。他们在船里叫嚷，推来搡去。

在混乱中，姗姆和休假装不小心被推进了水中。桑切斯女士和教练大叫起来，他们疯狂地挥动手臂，惊慌失措地跑来跑去。姗姆和休身上的救生衣意外滑落了，孩子们沉到了水里。教练抓起一个救生圈和一条绳子，扔给在水里的孩子们。当然，他费了好大的劲，才把船开到两个孩子沉下去的地方。几分钟之后，孩子们浮出了水面，他们抓住救生圈，被拉回到船上。在爬上船之前，姗姆为了能和藏在水下的海豚说最后几句话，假装又在船尾沉了下去。

保安和大副站在游艇上摇着头，看着小船上的一家人。显然，这是几个星期来，他们看到的最有趣的事。瑞克顿也来了，他想看看到底发生了什么。他手里捧着一个小巧精致的茶杯，跟他像香肠一样粗的手指一比，这个茶杯好像随时会被捏碎似的。他小口地嘬着茶杯里刚煮好的咖啡说：“那艘会干扰我们搜索的船在哪里？”

其中一个男人指着船尾的小船，说道：“不用担心，先生，只是一些游客而已。”他把望远镜递了过去说：“他们不会开船。两个小孩刚刚掉水里了，但现在已经被他们拉上来了。他们好像想在这里钓鱼，但我们也不确定。”

“话虽如此，但他们在这里会影响我们爆破。让艇长用无线电对讲机，通知他们离开。”

“那艇长应该怎么跟他们说，先生？”

"这不关我的事，只要把他们赶走就行。"

"好的，先生，马上照办。"男人说完，急急忙忙地去跟艇长汇报。

"一切按照计划进行，完毕。"弗雷德教练对着无线电对讲机说道，"我们成功吸引了他们的注意。"

"现在必须小心行事，低调点，再坚持几分钟。让所有人各就各位。"戴维斯主管在洞穴里用无线电对讲机回答道。

"收到，随时待命。"

就在这时，无线电对讲机里传来了一个声音。"这里是停靠在格列夫海湾背风处的'雄伟号'游艇。我是游艇的艇长，请后面的小船注意。"

弗雷德教练假装在捣鼓无线电对讲机。

"'雄伟号'游艇后面的小船，请注意。"

教练按了几次无线电对讲机的开关，然后无奈地把手举向空中，相当戏剧化。

"我再重复一遍，这是'雄伟号'游艇，请小船离开我们后方，请注意。"

教练关掉了无线电对讲机，耸了耸肩，然后对桑切斯女士说道："看起来我们的邻居开始烦躁了，我们最好赶快行动。"

他们看到两个穿着湿式潜水服的男人出现在船尾，正准备爬到两辆摩托艇上。

弗雷德教练看了看手表，说道："机不可失，时不再来。"

16. 群起而攻之

　　一片黑影投在小船上，仿佛天空中飘来了一大块乌云，遮住了太阳。但根据天气预报，巴哈马群岛当天万里无云。特里斯坦抬起头。那不是云，而是一群长着羽毛、不停拍打翅膀的海鸟。不同的鸟类混编成一支队伍，朝游艇飞去。任何人看到这个场景，都会吓得目瞪口呆。两只庄严的鱼鹰自豪地在前面带队；鹈鹕排成整齐的一队，跟在鱼鹰后面；再往后是巨大的黑色土耳其秃鹰；最后面是一群海鸥。它们似乎有些心不在焉，一会儿跟在队伍里，一会儿又飞出队伍外。

　　"来投弹了。"特里斯坦开心地说道。

　　"我可不想待在那艘游艇上。"休补充道。

　　首先开始攻击的是鱼鹰。它们把翅膀紧缩在身体两侧，像神风

特工队一样冲向船尾。保安、大副和瑞克顿对这次袭击毫无防范，他们就像砧板上的肉，只能任人宰割。鱼鹰俯冲下来，掠过他们的头顶。他们一边咒骂，一边到处闪躲，仿佛是遭遇了暴风雨的水手。接下去，轮到鹈鹕攻击了。它们从上空滑下来，飞得很低，但速度极快。两个潜水员已经骑上了摩托艇，他们最先遭到攻击，恶心、黏糊糊的白色鸟粪像雨点一样连续地打在他们头上。甲板上的人也被鸟粪炸弹打得毫无还击之力。下面登场的是海鸥。它们加强了火力，猛烈地往下投掷散发着臭味的青灰色鸟粪炸弹。炸弹体积虽小，但威力颇大。

第一轮攻击结束之后，瑞克顿和他的船员们试图寻找掩护。但甲板上又黏又滑，还散发着阵阵恶臭。当土耳其秃鹰把露西娜制造出来的武器，投射到甲板上的时候，情况就更糟糕了。土耳其秃鹰用爪子抓着盛满透明黏液的小塑料袋，小心地瞄准目标。塑料袋砸在甲板上，就像水球一样炸开了，把黏液溅得到处都是。

船上的人脚底打滑，站都站不稳。每一次倒地，他们身上就会沾上更多令人恶心的黏液。鱼鹰还时不时地从他们身边掠过，增加攻击力。这时，洁德、洛里和拉斯蒂在章鱼的帮助下，成功从船舱里跑了出来。洁德走在最前面，洛里和拉斯蒂一瘸一拐地跟在后面，尽量加快速度。一到甲板上，两个小伙子便毫不犹豫地跳进了水里。不巧的是，洁德遇上了一个保安。她想起自己从船舱里逃出来的时候，顺手拿了个水晶海豚。于是，她掏出水晶海豚，朝保安

的脑袋猛砸过去。紧接着，她也和其他两个营员一起跳出了游艇。

"抓住那些孩子！"瑞克顿生气地喊道。他伸着四肢，愤怒地坐在甲板上，全身上下沾满了黏液和散发着恶臭的鸟屎。

"是，先生。"保安回答道。他拿出无线电对讲机，用力地甩手，想甩掉沾在手上的鸟粪。"潜水队，先别管那艘船了。那些小鬼跑了。快去抓住他们，把他们带回船上！"

保安又尝试拔枪，但不停地打滑，因为鸟儿们瞄得很准，他的手上覆盖了厚厚的黏液和鸟粪。"真讨厌！实在太恶心了！"

尽管两个潜水员并不是这次空袭的主要目标，但也不可避免地被鸟粪击中了。他们听到营员们跳进水里的声音时，正在清理身上的鸟粪。紧接着，他们就收到了无线电指令，于是立刻准备发动摩托艇。就在这时，另一队人马正在准备新一轮的袭击。

飞鱼加快速度，从水里一跃而起。它们张开鱼鳍，把尾巴当成方向盘。八英寸长的银色小鱼贴着水面安静、快速地滑行。它们一个接一个地朝船尾飞去，准备袭击。最前面的三条鱼接连打中目标，击中了一名潜水员的脸部和胸部。他瞬间失去了平衡，从摩托艇上掉了下来。另一名潜水员肯定擅长打网球或者打壁球，因为他能像打巨型蚊子那样，把飞鱼打出去。

他仍旧笔直地坐在摩托艇上，准备去追赶逃跑的孩子们。但他还没来得及启动摩托艇，就看到一条海豚从水里跳了起来，把头撞向他的胸口。他被撞进了水里。两个潜水员踩着水，试图重新爬上

摩托艇。突然，他们瞪着眼睛，转了个圈，然后快速转身，双手不停地扑腾，拼命往游艇的跳水平台游去。一到跳水平台，两个潜水员就从水里弹了起来，迅速爬到船尾的甲板上。

一个保安看到他们爬上了甲板，说："快回水里去。你们在干什么？赶紧去追那些孩子！"

"该死，不可能。你想去吗？请自便。"一个潜水员弯着腰，大口大口地喘着气，指着游艇后方说道。

保安往下挪了一步，想走到跳水平台上，但突然停了下来。他看到至少有十条六英尺以上的鲨鱼在游艇后面游来游去。其中一条还游到了木头跳水平台的后面，它张大嘴，恐吓地一口咬下去。它闪闪发亮的黑眼睛始终盯着瑞克顿的保安，然后露出了锋利的牙齿，开始撕咬、咀嚼木头平台。除了鲨鱼外，游艇的附近还聚集着至少二十条梭鱼和好多只巨型乌贼。时不时，还会有几只大型的粉色水母漂过。

潜水员和保安从船尾退了回来。

"快下水，去追他们！"无线电对讲机里传来了命令。

他们的头摇得像拨浪鼓一样："不可能。"

当海洋生物把潜水员们赶上船之后，鸟儿们从空中俯冲下来，开始了新一轮轰炸。洁德、拉斯蒂和洛里游到了小船的后方，弗雷德教练、桑切斯女士和三个小营员正在船上等他们。

"桑切斯女士，请把锚拉起来。"弗雷德教练说道，"你们三个

去船后面帮他们。"

特里斯坦丝毫没有犹豫。他一看到大营员们，就立刻跳进水里去帮助他们。姗姆和休在船后方把他们拉起来。等大家都上了船，弗雷德教练立刻启动引擎，挂好档位，驶离游艇，往南面开去。他用无线电对讲机联系了戴维斯主管，告诉他所有人都安然无事，他们已经在回岩洞的路上了。

"哦，教练，你赶快看一下。"特里斯坦盯着游艇说道。

游艇顶层的甲板上一片嘈杂。

桑切斯女士拿起了望远镜："他们正在把一艘快艇放下水，瑞克顿还有一架直升机。"

"现在该轮到我给他们送礼物了。"弗雷德教练说道。

他从口袋里拿出一个黑色的小盒子。盒子上有一盏红色的小灯、一个开关和一个按钮。他轻轻按下了开关，红灯变成了绿色。他看看游艇，窃笑了一下，然后按下了按钮："这是送给你的礼物，约翰·皮尔庞特·瑞克顿先生。"

紧接着，他们听到了两下沉闷的撞击声，游艇四周的水似乎颤动了一下。

"起作用了吗？"桑切斯女士问道。

"别担心，他们很快就会焦头烂额，根本没时间追我们。"教练自信地回答道。

不过，特里斯坦可没那么自信。因为无论弗雷德教练做什么，

都没那么快奏效。快艇已经下水了，有一个潜水员坐在里面，另外两个正在往里面爬。然后，特里斯坦看到，游艇开始倾斜。它的右边比左边低了，船上一片慌乱。有人开始尖叫。船舱里冒出了黑烟。黑烟升起，拂过船身上巨大的红色"R"字。

弗雷德教练把船速降了下来。格列夫海湾南面有一个连着外海的海峡，他们只要往东走，穿过海峡，就能到达"史丹利之颈"的临海面。但只要他们往东边一转，就看不到那艘游艇了。

"看起来，我的特殊礼物起作用了。"弗雷德教练骄傲地说道，"我让海豚们把炸药装在游艇的底部，这样水就会很快流进去。他们的水泵根本来不及抽水。我还让我们的朋友把一个用海藻做成的塞子扔进游艇的海水引入口，以防艇长为了救船，把它开到浅滩上。他们就快完蛋了。"

他们看到，游艇又往下沉了一点，而且倾斜得很厉害。直升机已经发动了，尝试起飞，但甲板倾斜的角度太大了，十分危险。随后，他们听到了号角声，艇长已经发出了弃船的指令。快艇上的人正忙着把游艇上的其他工作人员接下来，总之游艇已经在劫难逃。

弗雷德教练露出了一个微笑。他加大油门，往东驶去。他们绕过"史丹利之颈"往南开去。沿着这个狭窄的小岛，再开一半路程，就会看到那片浅滩，然后就能到达岩洞。在进入通往岩洞的危险河道前，教练又把船速降了下来。天空中传来的一声巨响，吸引了他们的注意力。尽管看不到，但所有人都知道瑞克顿的直升机起

飞了，而且直升机正朝他们的方向快速赶来。

"没时间磨蹭了。"教练一边说，一边加大了油门，"大家都抓紧了！"

小船往前猛冲出去。弗雷德教练像发疯似的，不停转动方向盘，在岩石和珊瑚丛里蜿蜒前行。他还没来得及升起螺旋桨，船就重重地撞了一下，还发出了砰的一声巨响。船慢了下来。教练摇摇头，咒骂了几句。岩洞已经近在咫尺，但直升机也快飞到他们头顶了。准确地说，是马上就追上了。他们屏住呼吸，蹲下身子躲藏。小船刚进入水道，直升机就到了。

"他们看到我们了吗？"特里斯坦问道。

"希望没有。"桑切斯女士说道。

"希望螺旋桨没有坏得很严重。"教练补充道。

他们到了岩洞，就把船停靠在另一艘船旁边。戴维斯主管、瑞德和露西娜正在那艘船上焦急地等待着他们。

"发生了什么？"瑞德问道。

"你们真该好好看看鸟们的杰作——它们用臭烘烘的鸟粪和黏液，狠狠教训了那帮人！飞鱼把他们撞倒了，鲨鱼也很棒。"特里斯坦对他说道。

"直升机上的人是谁？他们看到你们了吗？"戴维斯主管问道。

"瑞克顿在最上层甲板上停着一艘快艇和一架直升机。"弗雷德教练的语气比特里斯坦的语气淡定许多，"他速度很快，立马就乘

着直升机起飞了。但我们成功躲进来了，应该没有被发现。"

戴维斯主管用无线电对讲机联系了在实验室等待的马文先生，把发生的一切都告诉了他。他还让马文先生试着搜索无线电信号，看是否能侦察到瑞克顿和他的船员们在干什么。弗雷德教练则检查了螺旋桨的情况。桑切斯女士给洁德、洛里和拉斯蒂每人递了一瓶海洋夏令营的特制水，她很担心他们的身体状况。三个营员已经精疲力竭，饥饿难耐，还有点脱水。不过，除了身上的肿块和瘀青之外，其余一切正常。

"大家都干得很棒，"戴维斯主管说道，"现在马上准备回去。"

洁德内疚地看着主管："真的十分抱歉，全是我的错，我们才会被抓。我当时只想帮忙，想确认是不是同一艘船，然后无意中看到了他们在卸鲨鱼鳍。我想靠近些，方便拍照。"

"现在不是说这个的时候，洁德。"戴维斯主管说道，"等我们安全回到夏令营以后，得好好谈谈。现在我们必须赶紧回实验室，不能被那架直升机或者那艘快艇发现。"

17. 跳船

整个星期，瑞克顿的心情都很糟糕。他花了好几年寻找一艘叫"圣风号"的沉船——十五十六世纪西班牙的大型帆船，但现在他不仅没有找到"圣风号"的残骸，连他最喜欢的游艇——"雄伟号"也躺到了二十英尺深的海底。他的游艇哪怕被打捞上来，里面的大部分珍宝和仪器也都被损坏了，根本无法修理。他让艇长在游艇下沉的地方用航标做了记号，并在GPS上标注了出来。然后，他用快艇将艇长和大部分船员先送到大埃克苏玛岛，让他们在那里寻找更多的帮手和必要的设备，以便在最短的时间内把游艇打捞上来，拖到船坞维修。另外，瑞克顿命令两名潜水员开着摩托艇守卫在出事地点，同时搜寻跑掉的小鬼和帮助小鬼们逃跑的那艘船。

瑞克顿朝直升机飞行员点点头，然后指指他的麦克风说道：

"无线电。"

"是，先生。"飞行员说道。

"布兰登船长，我是瑞克顿。"他对着耳机上的麦克风说道。

"是的，先生，我是布兰登船长。"耳机里传来了一个声音。

"你在哪里？"

"先生，我们将在大约二十分钟后抵达大埃克苏玛岛。"

"有没有发现那些孩子和那艘船的踪迹？"

"没有，先生。到目前为止，没有任何发现。"

"好的，我们要在这里再转一圈，随后去大埃克苏玛岛加油。赶紧用无线电对讲机联系开摩托艇的潜水员，让他们继续搜索，我很快就会回来。必须找到那些孩子和那艘船！"

"好的，先生，遵命。"

瑞克顿关掉了无线电设备，他一拳捶在自己的膝盖上。他透过直升机的舷窗，望向下方的蓝色水域。他最爱的游艇沉没了，打捞和维修得花好大一笔钱。最可恶的是，搜索"圣风号"的计划还不知道要搁置多久。他脸上的表情说明了一切——他一定会让肇事者付出惨痛的代价。

海豚们在岩洞里汇报说，事发区域只剩下两个骑摩托艇的潜水员，但他们离游艇沉没的地点很远。因为一群攻击性很强的鲨鱼正聚在那里。特里斯坦露出了微笑，他心底里正在为那些长鱼鳍的新伙伴喝彩。尽管特里斯坦很吃惊，之前瑞克顿的手下掉进了水里，

居然没被咬掉脚趾。不过，他肯定，至少有一条鲨鱼会轻轻地咬几下他们的脚趾，试试味道。

"现在，我们得分头行动了。"戴维斯主管对大家说道，"弗雷德教练和桑切斯女士带着大营员——当然，前提是你们愿意——回到游艇沉没的地方，为我们的朋友瑞克顿先生献上最后一份小礼物。海鞘们跟我一起回实验室。"

洁德、拉斯蒂和洛里都表示自己没问题，很愿意协助教练和桑切斯女士。可实际上，他们相当高兴能有机会好好报复一下绑架他们的人。

"弗雷德教练，如果你们不幸遇上那两个开摩托艇的潜水员的话，你能搞定吗？"主管问道。

"别担心，"教练回答道，"哪怕他们出现，我们也不怕，因为我们有很多帮手，不用多久就能搞定。不过，我们最好换一下船。我们船上的螺旋桨坏了，无法产生足够的动力。你开应该没问题，因为你不用开得很快。"

"我们直接回实验室了，希望这艘船不会拖后腿。"

戴维斯主管又向马文先生确认了一下，看他是否听到了有用的信息。但到目前为止，除了听到一架直升机飞过，看到一艘船向大埃克苏玛岛快速靠近之外，李司德金岛四周一片宁静。他们互祝了好运，然后弗雷德教练驾驶着一艘船，先行离开了岩洞。

特里斯坦对主管说道："戴维斯主管，为什么鲨鱼和其他动物

们不能自己处置那艘游艇？如果它们想的话，能直接把它毁了。我的意思是，即使没有我们参与，它们也可以。"

其他小营员们也好奇地围了过来。

"问得好，特里斯坦。"主管回答道，"海洋生物是出色的协助者，虽然它们有时候也充满攻击性。但大部分时候，它们需要有人带领和帮助协调。另外，假如它们弄错了目标，或者它们袭击人类的事情被传了出去，那么毫无疑问，它们会遭到追杀。甚至连累其他无辜的动物。"

"我明白了。"特里斯坦说道，"如果巴哈马地区愤怒的鲨鱼咬了人或者哪怕只是咬死一个人，一旦流言传出去，人类就会追捕和屠杀所有鲨鱼。"

"非常正确。协作能让我们的行动更有效，更隐秘。也可以保证不把你们拥有特殊技能的事张扬出去。"

"是的，我可不想让别人知道我能制造黏液。"露西娜闷闷不乐地说道，然后笑着在特里斯坦的手臂上重重地捶了一拳，"开玩笑的，现在我觉得这技能非常酷。"

特里斯坦揉揉手臂，对姗姆和休说道："想不到除了制造黏液之外，她还挺有幽默感。"

几分钟之后，无线电对讲机里传来了弗雷德教练的声音。他说他们发现了一个开摩托艇的潜水员，他在一个非常小的岛上搁浅了，可能得等很久才会有人去救他；另一个开摩托艇的潜水员已经

离开了事发区域。教练说，海洋生物给了他们很多帮助，他们现在正在移动游艇。等一切结束之后，会小心返回李司德金岛。

"收到。祝你们好运，教练，实验室见。"戴维斯主管对着无线电对讲机说道。然后，他转身对船里的小营员们说："好了，出发前，我们得再强调一下规矩。"

孩子们翻翻白眼，嘟囔了几句，互相抱怨怎么有那么多规矩。

"你们必须严格按照我说的做，同意吗？"戴维斯主管命令道。特里斯坦可以发誓，主管说这句话的时候，眼睛一直盯着自己。

所有孩子都点点头，表示同意。

戴维斯主管拿出了一幅防水地图，他之前也给每个营员发了一份。"好。我们现在位于'史丹利之颈'。先要往南开，穿过把'史丹利之颈'和南面第一座岛屿隔开的海峡，接着往西面开，进入海岛的背风面。那里水面更平静，我们可以开得更快。经过叠层岩之城后，我们会继续往南开。再经过一条海峡和一两个小岛后，就能回到李司德金岛上的实验室了。"

"这里为什么写着'流沙'？"特里斯坦指着叠层岩之城西南方的一个区域问道。

"还记得我在飞机上跟你们讲过的珍珠形状的沙子吗？鲕粒。流沙区就有由鲕粒堆积而成的可移动的巨型沙波。退潮时，有时候沙波顶部会接近水面或者冲破水面，看起来就像是沙子堆成的小岛。但坐在移动的船上，很难看到沙波。每个星期沙波出现的位置

也会发生变化。鲕粒很软，沙波通常也很深，所以船只非常容易陷进去，发生搁浅。后来，人们开始称这个地方为"流沙区"。我们得避开流沙区。"

戴维斯主管继续说道："如果我发生了意外或者我们的船发生了意外，你们就立刻游回实验室。有了脚蹼的帮助，距离应该不算太远。明白了吗？"

孩子们点点头，紧张地喝了几口瓶子里的水。

"好了，我们得赶紧出发了。大家都要小心。"

特里斯坦、姗姆和休排成一列，紧握着操舵台边上的金属杆。瑞德和露西娜站在操舵台的另一侧。戴维斯主管驾着船，小心翼翼地沿着水道，开出岩洞。孩子们紧张地四处张望，而戴维斯主管则聚精会神地在浅滩上行驶，以免给螺旋桨造成更大的损害。幸运的是，船只行驶速度不快，再加上明亮的日光，想要避开岩石和珊瑚并不难。况且他们也没看到直升机或者摩托艇的踪迹。

姗姆凑近特里斯坦和休："你们觉得，如果我用回声定位，能不能找到另外那个开摩托艇的潜水员？或者能不能知道有没有其他人在附近？"

特里斯坦和休耸耸肩，犹豫地点点头，表示肯定。姗姆跟戴维斯主管提了建议，戴维斯主管说他会考虑一下。

他们往"史丹利之颈"和南面小岛之间的海峡开去，然后往西转了个弯，进入了海峡。小船立刻遇上了动荡的小波浪。特里斯坦

的骨头和大脑里开始咯咯作响，就像汽车开上微型减速带时那样。特里斯坦往前一看，瞬间恍然大悟。在海峡的中间，有更大的波浪，但跟他以前看到过的大波浪完全不同。它们是静止的，波峰和波谷似乎被冻住了。

"那是什么？"特里斯坦问道。

"一定是退潮了。"戴维斯主管说道，"那些是驻波。海里的波浪和水流会往海峡里来，但当它们遇到从岸边退回来的潮水时，就会产生驻波。"

"我们能绕过去吗？"休紧张地问道。

"虽然看起来很吓人，但实际上并不那么可怕。"主管对他们说道。

休似乎并没有被说服。

"有人尝试过在驻波上冲浪吗？"瑞德问道。

"从来没听说过。"戴维斯主管摇摇头，回答道，"抓紧了，可能会有些颠。我要加大油门开过去了，希望螺旋桨能撑住。"

露西娜和休坐在操舵台前。瑞德、姗姆和特里斯坦仍旧站着。所有人都紧紧拽着任何他们能抓到的东西。戴维斯主管把操作杆往前一推。小船迟疑了一下，然后迅速向水流冲去。戴维斯主管加大了油门，朝驻波笔直地开过去。

"我们要以和波浪垂直的角度开过去！"戴维斯主管大声喊道，试图盖过发动机的嘈杂声。

营员们抓得更紧了。他们笔直地撞向第一道驻波。小船弹了一下，飞向空中。几秒钟之后，他们落到了波谷里，颠得孩子们牙齿打架，左摇右摆。露西娜和休被甩了起来，然后又重重地落到座位上。站着的三个孩子，试图弯曲膝盖，减少冲击，就像顺着滑雪道往下滑、遇到雪丘时会做的那样。瑞德和特里斯坦面带微笑，他们十分享受这样的挑战。姗姆是所有人里体重最轻的，为了保住珍贵的生命，她死死地拽住杆子。他们振作精神，准备迎接另外三道驻波。

穿过最后一道驻波后，戴维斯主管笑着把船速降了下来说："看到了吧，实际上也没那么糟糕。"

"把这句话说给我的后背听吧，看它同不同意。"休揉揉自己的屁股，说道。

"看到前方高出水面的曲线了吗？上面还带有像黑色补丁的东西。"主管说道，"那就是叠层岩之城。"

"呃，先生，叠层岩到底是什么？"休问道。

主管环顾四周，然后说："好像没人追上来。也许我们可以在叠层岩之城稍做停留。它是真正的世界古代奇迹之一，可不是每个人都有机会亲眼见到的。"

营员们互相交换了质疑的眼神。显然，他们怀疑主管又在讲冷笑话了。当他们靠近分散的黑补丁时，戴维斯主管把船速降了下来。他们看到，每一个黑色补丁的直径都有呼啦圈那么大。

"叠层岩是由富有黏性的海藻和沉淀物堆积而成的，它们就像是有生命的柱子或者多层蛋糕。海藻往上生长，外面被沙子覆盖，沙子外面又长出一层海藻，然后再被另一层沙子覆盖，就这样一层裹一层。海水中沉淀出来的碳酸钙——也就是石灰岩的主要成分——起到混凝土的作用。碳酸钙包裹在外面，进行了加固。于是就有了这个由海藻和沙子堆积而成的能生长的柱子。叠层岩化石里保存了地球上最早的生命形式。人们认为最早的叠层岩形成于三十亿年前。"

小船几乎停了下来。

"好，所有人都看那边。"

小营员们尽量往船舷外探出身子。水是蓝绿色的，清澈见底。特里斯坦不确信自己看到了什么，好像是一个古城遗址。至少十根棕褐色的柱子从沙子里伸出来，往水面生长。

"那些柱子有多高？"特里斯坦问道。

"它们可以长到将近十二英尺。"主管回答道。

休和姗姆仍旧趴在船舷上，他们的鼻子都快碰到水面了。姗姆咧嘴一笑。突然，两条海豚在休的面前探出脑袋。

休吓得跳了起来，往后退了几步，然后一屁股坐在地上。所有人都哈哈大笑起来。

"哦，别闹。我都快吓出心脏病了。"休说道。他捂着胸口，大口大口地喘着气："姗姆，你早知道……这里有海豚，对吗？"

姗姆朝海豚妈妈和海豚宝宝点点头，甜甜地笑着。这时，他们听到附近传来了清晰的轮船发动机的声音。他们仔细观察了周边的情况，但没有任何发现。

"也许是弗雷德教练他们的船。"姗姆说道。

"我不这么认为。"戴维斯主管说道，"姗姆，我想也许你的朋友们是来警告我们的，而不仅仅是跟休开个玩笑。你能不能马上到水里，确定一下船的位置？说不定是那辆摩托艇。"

"当然。"姗姆回答道。她跳到海豚身边，和它们一起潜进水里，消失在水下的叠层岩之间。姗姆在距离小船二十英尺的地方浮出水面，她转了个身，又潜回水里。几分钟之后，她游回了船边。特里斯坦把她拉上了船尾的小跳水平台。海豚们在小船附近跳出水面，然后往海峡游去，最后进入了外海。这时，发动机的声音已经越来越响。

"是一艘摩托艇。"姗姆对他们说道，"就在我们北边，现在正往南行驶，朝我们而来。他一绕过小岛，就会发现我们。我们只有几分钟时间了。"姗姆指指"史丹利之颈"的背风面说道："海豚妈妈没法儿帮我们，因为它带着孩子。它们要去深海里。"

"好的，我们现在有两个选择。"戴维斯主管飞快地说道，"一是赶紧跑，在他发现我们之前赶回实验室；二是你们所有人在这里跳船，游到南面的第一个岛屿。那里有一片红树林，你们先在里面躲一会儿，等摩托艇走了，再回实验室。我会继续往前开，假装迷了路。"

营员们立刻安静了下来。

"你们看，我担心我们的速度没他快。所以最好选第二个方案。露西娜、瑞德，你们可以和我待在一起。因为之前没人见过你们。但特里斯坦、休和姗姆不行，这个人很可能在游艇上看到过你们。"

当特里斯坦听到露西娜说"海鞘们要待在一起"时，他被吓了一大跳。

其他孩子也都点点头，表示赞同。

"那好吧。在摩托艇出现之前，我们能开到离实验室大约只有两英里的地方。你们有脚蹼，这点距离应该不成问题。一路上有好几个小岛，如果你们累了，可以到岛上休息一会儿。如果几个小时之后，你们还没有返回实验室，我们会立即派船出来找你们。"

"也许修改腕带追踪器的控制软件并不是一个好主意。"休焦虑地说道，他不停地摆弄着手上的追踪器。

"我们一定会平安无事的。"特里斯坦说道，他尽量表现得很自信，"瑞德和我会帮你们，海豚和鲨鱼也会来帮忙。"

"鲨鱼还是算了吧，谢谢。"休嘟囔道。

小营员们咕咚咕咚地喝了几口水，然后在开摩托艇的潜水员绕过"史丹利之颈"的南端前，悄悄滑进了海水里。

"万事小心，待会儿见。"戴维斯主管边说边调整船头。他故意把船头指向南面，把船速降到最低。他假装很紧张，不停地打量着周围的几个小岛。

18. 流沙陷阱

特里斯坦穿梭在棕褐色的叠层岩柱子之间，它们变得越来越大、越来越清晰，而摩托艇的引擎声则渐行渐远。其他海鞘跟在他身后。他们在这些由海藻和沙子堆积而成的坚硬的柱子之间迂回前行，用最快的速度游动。他们仿佛正在一座海底岩石建成的古庙里比赛谁游得快。特里斯坦真希望自己能在这里稍做停留，好好欣赏一番，但他们不能浪费时间，摩托艇正在不断靠近。

孩子们往南游向下一个岛屿，他们尽量把身体藏在水下。特里斯坦是第一个到达红树林的营员。红树橙色的树根弯弯曲曲，垂在水里。树根的气味很难闻，像臭鸡蛋一样。特里斯坦蹲伏在树根旁边。当他踩在地上时，双脚一下子陷进了黏糊糊、湿答答的泥里。但他别无选择，因为这是附近唯一并且最好的藏身之处。特里斯坦

挥挥手，招呼其他人过来。瑞德和姗姆很快也到了。他们蹲在水里，藏了起来。休和露西娜的动作慢得多，还时不时地把头探出水面换气。

特里斯坦看到开摩托艇的男人慢慢往南面去了。那个男人背上斜挎着一把枪，头上戴着一副耳机。他好像对着话筒说了什么，但特里斯坦离得实在太远了，一点儿都没听到。

特里斯坦向休和露西娜招招手，小声地说道："小心点。"

潜水员驾着摩托艇，穿过了叠层岩之城。他似乎正在远远地跟踪戴维斯主管。如果他扭头往红树林方向仔细看的话，特里斯坦敢肯定，他们一定会被发现。孩子们把身子蹲得更低了。

"什么东西这么臭？"露西娜捏着鼻子小声说道。然后她甩甩手，一些黏液被甩了下来。

姗姆捂着鼻子，点头表示赞同："是的，别站起来，你会陷进泥里的。"

"嘘！"特里斯坦说道。

他们本想躲进红树林深处，但红树的树根和树枝紧紧纠缠在一起，和夏令营的丛林墙一样茂密。瑞德轻轻地折下几根带叶子的树枝，盖在大家身上。开摩托艇的男人往红树林这边看了看。他似乎正盯着特里斯坦他们。然后，他犹豫了一下，继续往南开去。

"啊，就差一点。"休说道。

"现在该怎么办？"露西娜问道。

"我们沿着岸边游吧。小心点，紧贴着红树林，以防他回来。"特里斯坦建议道，"姗姆，你能用回声定位随时监督他的去向吗？"

"我可以试一试，但不知道管不管用。"

"我可以去前面探路。"瑞德提议道。

"好的，但千万别跳出水面，也不要游得太远。"特里斯坦说道。

"兄弟，我又不傻。"瑞德回击道。

"只是提醒你一下而已。"特里斯坦回答道。

瑞德独自往前游去。特里斯坦和其他人则沿着红树林，慢慢地跟在瑞德后面。小银鱼和螃蟹不安地冲过来，盘问孩子们的底细。很快，特里斯坦他们就看不到那艘摩托艇，也听不到摩托艇发动机的声音了。又过了大约十分钟，姗姆游到深水水域。她潜到水下，发出了和海豚一样的嘀嗒声。

"我觉得他还在往南开。"过了一会儿，姗姆对大家说道。

于是，他们决定继续往前游。红树林很快就被他们甩在身后，取而代之的是一片沙滩。沙滩上有很多平坦的石头。营员们进入一片空旷之中——这里根本找不到藏身之处。这时，瑞德游了回来。于是他们便停下来开始交流。

"这片沙滩是小岛的尽头，再往前是一条宽广的海峡。"瑞德汇报道，"开摩托艇的家伙已经穿过海峡，他继续跟着主管往南开了。"

"差点忘了。"特里斯坦说道，他从泳裤口袋里拿出了一幅地图。

"真聪明。"休说道。

"是啊，算是从戴维斯主管的裤子后兜里偷来的。刚才已经没时间征求他的意见了。我觉得我们比他更需要这份地图。"

"看这里。"特里斯坦指着地图，继续说道，"如果我们先游过这片沙滩，然后穿过海峡，避开流沙区，接着往南游的话，可以绕到下一个岛屿的后方，也就是这个形状像回旋镖的小岛。这应该是回李司德金岛最近的路线，完全没有绕路。"

在穿越毫无遮盖的沙滩之前，他们先让姗姆去确定摩托艇的位置。但姗姆回来汇报说，她没办法得出结论。

"希望这是因为他离我们太远了。"休说道，紧接着他又补充说，"嘿，瑞德，下一个海峡那儿有驻波吗？"

"没看到。"

"海峡有多宽？"露西娜紧张地问道，"水流湍急吗？"

"听我说，我们得先一起穿越这片完全没有遮挡的沙滩区，然后再担心海峡的事。"特里斯坦对他们说道。

海鞘们继续往前游。他们速度一致，方向一致，动作整齐划一，这让特里斯坦想起了入营第一天他在河里看到的那群鱼。它们列队前行，还能随时变换队形。大家都主动迁就游得最慢的同伴，并且时不时把头探出水面。一是为了换个气，二是为了观察摩托艇

的位置，三是避免弄错方向。

几条长着黄色赛车条纹的银鱼飞快地游过他们身边。银鱼们转过身，在队伍里蹿进蹿出。不过没一会儿，它们就安静下来，在休身旁慢慢游着。接着，有五条暗礁鱿鱼像箭一般地朝孩子们冲过来。营员们和暗礁鱿鱼都停了下来，彼此注视。暗礁鱿鱼一个跟着一个，排成一列，仿佛在玩"模仿领袖"的游戏。领头的暗礁鱿鱼挥动着八只手臂和两条触角，朝休游去。其他鱿鱼也跟着它做同样的动作。一道五颜六色的彩虹闪过领头鱿鱼的身体，然后从一只鱿鱼身上传到下一只身上。休紧张地伸出手，他的手指慢慢向前蠕动。一道深红色的亮光从他的指尖传到了肩膀。鱿鱼们闪着红光，在休身边排好队，跟着他们往前游。休时不时地瞟一眼跟在他身旁的海洋生物。特里斯坦面露微笑，心想休居然变成海底世界的名人了。尽管他并不确定他的室友是不是真的想要这样的名声和关注度。

特里斯坦不需要怎么用力，就能和其他营员并驾齐驱，所以他一边游，一边左顾右盼，欣赏海底的景色。两条体型巨大的蓝绿色鹦嘴鱼正在啃食岩石上的海藻。它们和特里斯坦在海洋夏令营看到的那几条一样，长着大獠牙。特里斯坦暗自揣度，它们的獠牙白得发亮，是否得益于在岩石上用力啃咬。这时，鹦嘴鱼停止了进食，它们盯着营员们打量。特里斯坦心想，鱼儿们一定觉得他们这支队伍十分奇怪——一帮人类、银鱼和暗礁鱿鱼。也许用"一群"来

形容银鱼和暗礁鱿鱼会更准确。然后，一群四处游荡的颊纹鼻鱼也朝他们靠过来。特里斯坦从未如此近地观察过这么大一群鱼。他数了一下，至少有三十五条，每一条都长着椭圆形的蓝色身体和黄色的尾巴。它们的尾巴前部两侧长着锋利的白色脊椎，很像外科手术刀。他心想，如果在它们后背靠近尾巴的地方咬上一口，该是一种多么惨痛的体验。

特里斯坦突然把头探出水面。他看到，他们已经快游出沙滩，到达岛屿的南端了。他游到了浅水区，蹲在水里。其他人也跟了过来。

"休，你好像交了些新朋友。"姗姆说道。

"是的，它们一直跟在我身边，搞得我紧张死了。"休回答道，同时一直盯着身旁的水里看。

"它们有没有说什么？"特里斯坦问道。

"银鱼想和我比谁游得快，但是被我礼貌地拒绝了。暗礁鱿鱼想知道为什么我们人类只有两只手臂。因为它们相当肯定，八只手和两条触角实用得多。"

瑞德看着特里斯坦说道："兄弟，穿越海峡前，我们俩也许应该先去察看一下。"

特里斯坦转过头看看其他营员。他们激动地点点头，表示赞同："好的，我们快去快回。你们待在原地，不要动。"

"那也得我们有地方可去。"露西娜讽刺地回答道。

特里斯坦和瑞德潜入水里，往海峡方向游去。其他人则待在原地，看着他们。特里斯坦一边往前游，一边时不时探出水面，确保自己是往南游，没有弄错方向。没有左边的海岸线作为参照物，的确很难知道自己在往哪个方向游。一丛海草漂浮在水里，它顺着往东的涌流，从海峡里漂出来，漂向深海。特里斯坦继续往前游。很快，涌流加强了，更多海藻重重地砸在他身上，他必须用力往后踢水，才能保证身体向前进。特里斯坦看了看左手边的瑞德，他也正在水里挣扎。特里斯坦在瑞德的肩膀上拍了一下，做了个动作，示意瑞德和他一起往回游。他们游回原地后，从水里站了起来，大口大口地喘着粗气。

"你们想先听好消息还是坏消息？"特里斯坦问道。

"好消息。"姗姆和休异口同声地说道。

"摩托艇不在附近。"

"那坏消息呢？"露西娜问道。

"海峡中间有强烈的涌流。"特里斯坦说道，"涌流是往深海方向去的。瑞德和我有可能穿过去，但我不确定你们行不行。"

"是的，涌流速度非常快。"瑞德补充道，"就像我冲浪时，遇到的大浪，一点都不好玩。"

姗姆、休和露西娜满脸不高兴。

"有没有办法绕过海峡？"休建议道。

特里斯坦把手伸进口袋里，摸了几下。他本想把地图拿出来，

但却没找到："地图丢了，肯定是被涌流冲走了。"

"干得真棒，特里斯坦！"瑞德说道。

"嘿，这不是我的错。你们看，如果我没记错的话，我们可以往西游，绕过海峡，然后再穿过流沙区，往南走。"

"我不确定这是否可行，戴维斯主管说要避开流沙区。"休说道。

"我宁愿去流沙区碰碰运气，也比被涌流卷到深海里淹死好。"露西娜说道。

特里斯坦感觉自己身边有水流在运动。他转过身，看到两个尖尖的鱼鳍正朝他游过来。其他孩子转过身，也看到了特里斯坦正盯着看的东西。

"是鲨鱼吗？"休躲到特里斯坦身后，紧张地问道，"希望它知道我们是好人。"

"我觉得不是鲨鱼。"特里斯坦说道。他躺在水上，朝鱼鳍方向漂过去。一条至少有四英尺宽的菱形鳐鱼正在水面下游动。它的鱼鳍宛如一对翅膀，时不时地抬起来，所以鱼鳍顶端刚好露出水面。从上面看，的确很像一条鲨鱼。它的嘴巴小巧可爱，腹部是白色的。当鳐鱼沉到水里的时候，向特里斯坦完整地展现了它的整个身体。它的背部是深紫色的，上面有白色波尔卡圆点，尾巴像鞭子一样长。它盘旋地往右游去，接着又朝特里斯坦游回来。鳐鱼慢慢舞动着鱼鳍，上上下下，像极了两只宽大有力的翅膀。正是有了这对

翅膀，它才能在水里游得轻松自在。特里斯坦看着它优雅、灵活的动作，惊叹不已。他能知道这条鳐鱼在想什么，就跟他知道鲨鱼的想法一样。特里斯坦向其他小伙伴游过去。

"是斑点鹰鳐，康复中心也有一条，只不过这条鳐鱼身上的斑点还在，简直太奇妙了。它看到我们想穿越海峡。它说，如果我们想绕过涌流或者穿过流沙区的话，它可以帮助我们。"

"我们当然需要它的帮助。"休说道，"鳐鱼和鲨鱼是亲戚，所以你也能和它们沟通。"

"是的，请告诉它，我们非常感谢它的帮助。"姗姆补充道。

想比赛游泳的银鱼和好奇的暗礁鱿鱼早就离开了，但现在来了一条大型斑点鹰鳐，愿意给营员们带路，这真是个好消息。鳐鱼的动作十分优雅，速度也很快。营员们跟在它身后，绕过了小岛的南端，进入了海峡。鳐鱼往右游向涌流最弱的地方。特里斯坦紧紧地跟着它。他听到鳐鱼正在鼓励他们："跟着我就行，往这边游，很简单，在这里右拐，现在笔直往前。"

鹰鳐的动作不紧不慢，特里斯坦看得入了迷。他抬起头，换了一口气，但这次是为了呼吸新鲜空气，而不是担心自己游错方向。有鹰鳐带路，他只要跟在后面，注视着它上下摆动的鱼鳍就行了。特里斯坦往身后看看，确保所有人都跟上了。瑞德在队伍的最后面，不过他时不时会游到最前面，炫耀一下自己的泳技。

特里斯坦瞄了一眼前方。他远远地看到水底下好像有什么东

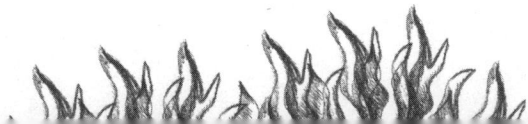

西，似乎是一面高大的白墙。他赶紧摇摇头，心想一定是自己出现了幻觉。在离"白墙"太近之前，鹰鳐猛地往左一拐。特里斯坦游过去，忍不住凑上去看。在他面前的是一道巨大的海底沙波，仿佛一个高高的白色沙丘被完全淹没在海洋里。他顺着沙波的陡坡往上游，游到了沙波的顶部。沙波的顶部距离水面大约有一英尺。特里斯坦像做伏地挺身似的，漂在水面上。他把双手轻轻地放在顶端的沙子上。他玩得兴起，居然忘了其他人正跟在他身后，导致所有人都腹部贴着水面，翻过了这座白色的海底沙丘。而鹰鳐则在附近的深水里懒洋洋地转圈。

特里斯坦抬起头："我猜这就是主管提到过的大型沙波。"他抓起一把沙子，沙粒从他的指缝间溜走了。每一粒沙都很圆润，犹如白色的微型珍珠，在阳光下闪闪发亮。

"这些肯定是鲕粒。"休说着，也抓了一把。他目不转睛地盯着这种奇怪的白沙子："我们现在就像在一个海洋球池里。只不过，这个池子里没有海洋球，而是数不清的鲕粒。"

瑞德也用手抓了一大把鲕粒。"真酷！"然后他踩在鲕粒上，想站起来。

"小心点。"姗姆警告道，"我觉得这里应该就是流沙区。"

瑞德不听劝阻，执意要站起来："我应付得了，没问题的。不就像站在一堆松软的沙子上吗？"

话音未落，他的身体就开始往下沉了。没多久，瑞德膝盖以下

都陷进了鲕粒里。他惊慌失措地扭动双腿："嘿，快把我救出来！"

特里斯坦塔抓住瑞德的一只手。瑞德用另一只手不停地拍打，双脚用力往下蹬。在瑞德的扭动和特里斯坦的拉扯下，瑞德终于成功地从鲕粒的魔爪中逃脱了。

"也没那么糟糕。"瑞德说道，"其实刚才我的身体就已经不往下陷了。"

"别再鲁莽行事了。"姗姆说道。她转过身，对露西娜翻翻白眼，说道："这些男孩啊！"

这时，他们听到了一个能把他们吓得四下逃窜的声音。他们刚才完全被鹰鳐和鲕粒吸引了，已然忘记了瑞克顿的手下还在附近搜查。

姗姆潜到水里，想确定声音的来源。她一浮出水面，就说道："我觉得肯定又是开摩托艇的那个家伙，但我无法确定他的具体位置。"

"我可以。"休指着南面那个像回旋镖的小岛说道。

尽管隔得很远，但他们依稀能辨认出，确实是那个骑摩托艇的男人。他正朝他们笔直地驶来。

"现在该怎么办？"露西娜问道，"这里没地方可躲。"

特里斯坦仔细地观察了周围的环境。露西娜说得很对，这里没地方可躲，只有水和巨大的水下沙波。也许往这边游并不是一个好主意。

"附近有没有海豚或者鲨鱼能帮助我们？"休向姗姆和特里斯坦问道。

他们俩都摇摇头。姗姆补充道："我打赌它们肯定还在游艇沉没的地方。"

摩托艇发动机的声音越来越响，那个男人也离他们越来越近了。

"我们得赶紧游走。"瑞德建议道。

"不行，我们不可能比摩托艇快。"露西娜抱怨道。

"我有个主意。"特里斯坦说道，"虽然有些疯狂，而且十分危险，但也许能行。"

瑞克顿的手下正开着摩托艇不断向孩子们靠近。他用无线电对讲机通知了老板，说他发现了一群孩子。瑞克顿直截了当地说："在这荒郊野外，除了从游艇上逃走的小鬼，还能有谁？"然后，命令他一定要死死盯住这些孩子。

瑞克顿的手下突然看到孩子们朝他挥手。当他再靠近些时，看到有两个孩子把另一个孩子托了起来，好像有人受伤了。他加快了速度。

"救命！救命！"姗姆喊道。

露西娜发疯似的挥着手臂："在这里！"

特里斯坦躲进了水里，以防被露西娜手上甩下来的黏液溅到。"嘿，也许你应该让姗姆来挥手。"

露西娜生气地瞪了他一眼，然后耸耸肩，但她挥手的幅度的确没之前那么大了。瑞德和特里斯坦跪在沙波顶部，双手慢慢地划水。他们把休的头举出水面，而休则假装失去了意识。

"坚持住。"特里斯坦悄悄说道，"他再往前靠一点，我们就向后退，从沙波上下来。"特里斯坦故意表现得很轻松，但事实上他也在艰难地挣扎。他一方面要托住休的头，另一方面又要让自己的身体浮起来。与此同时，还得往后划水，保证自己不站起来。"休，稍微帮我们一下。"他小声说道。

"嘿，我在假装昏迷。"休小声地回答道。

"是的，但你又还没死。"瑞德说道，"至少现在还没有。"

他们继续在水里扭动，非常缓慢地往巨型沙波的后方挪动。摩托艇距离他们只有大约三十英尺了。那个男人怀疑地盯着他们，用手摸摸后背上的武器："嘿，你们在这里干什么？"

"我们本想下船游会儿泳，但我们的船漂走了。"特里斯坦喊道，他尽力让自己表现得非常无辜。

"船在哪里？"

"如果我们知道的话，干吗还向你求助?！"瑞德喊道。

特里斯坦在水下踢了瑞德一脚。但这个动作让特里斯坦失去了平衡，他本能地把脚踩了下去，试图站起来。他立即陷进了鲕粒堆里。为了不露出马脚，他也只能听之任之。因为一旦他把脚拔出来，他们的计划就会败露。他在鲕粒里越陷越深。其他孩子还在继

续往沙波后面游。瑞德也往后游了一点，导致特里斯坦一下子没抓住休。特里斯坦大腿以下的部位全都陷进了鲕粒里。

"拜托了，我们的朋友真的受了伤。"姗姆恳求道，"请你把他带到大埃克苏玛岛，并且告诉救援队我们在这里。"

"我不知道该不该相信你们。你们怎么会出现在这里？实在太可疑了。"

姗姆尽量表现得可怜巴巴："我们只是一群孩子，我们真的需要你的帮助。"她假装哭了起来。

"好了，好了。坚持住，别哭了。我最讨厌别人哭了。我马上开过来，把你们的朋友放到摩托艇上，他还有呼吸吗？"

这时，特里斯坦臀部以下都埋进了鲕粒堆里，他的手里只抓着休的几绺头发，他开始慌了。突然，他的脚踩到了某个坚硬的东西。他站在这个硬物上，希望能阻止自己进一步下陷。出于好奇，他蹲了下来。他用空着的手在鲕粒堆里摸索。无论它是什么，摸上去有个硬壳。特里斯坦从上面抠了一块，但他已经没时间把它拿出水面仔细看了。因为开摩托艇的男人已经到了他面前。

其他孩子，包括休在内，狠命地踢水，想尽快远离沙波。特里斯坦暗暗祈祷，他脚下的硬物能支撑住。他弯下腿，跳了起来，但跳得并没有他希望的那么高。那个硬物也往下陷得更深了。幸运的是，特里斯坦刚好能摆脱沙波。他用脚把鲕粒蹬掉，很快追上了其他小伙伴。

"见鬼!"开摩托艇的男人喊道。当他意识到这是一个圈套时,已经为时已晚。他刹不住了,只能不停地咒骂。沙波顶上的水实在太浅了,根本没办法让摩托艇浮起来。摩托艇碰到了沙子,剧烈地颠簸了几下,最后停了下来。不知道这个男人是怎么做到的,他居然还能笔直地坐在摩托艇上。他伸手去够背上的枪。但就在他快把武器拿到身前时,有个重物从他背后狠狠地砸过来。男人直接被撞飞了,就像被卸货的卡车撞了一样惨。

他躺在水里,眼冒金星,痛得龇牙咧嘴。他抓过自己的右腿,仔细看了看。他的腿上插着一个白色的小倒钩。就在这时,一条巨大的斑点鹰鳐跃向高空,离开水面大约有十英尺。它快速扭动身体,然后激动地用背部落水,兴奋得就像橄榄球运动员在触底得分之后,又扣球成功那样。

孩子们热烈庆祝了鹰鳐的成功,然后幸灾乐祸地看着开摩托艇的男人在鲕粒里越陷越深。瑞克顿的手下握着自己的右腿,一边咒骂,一边试图把下沉的摩托艇拖出沙波。孩子们击掌表示庆贺,然后朝南面的岛屿游去。特里斯坦的目光越过这座回旋镖形状的岛屿,竭力寻找李司德金岛和海洋实验室。他希望大家很快就能平安到达那里。

19. 会飞的美洲大蜥蜴

孩子们终于到达了小岛的最北端，但他们已经筋疲力尽。和瑞克顿的手下斗智斗勇时，产生的肾上腺激素已经慢慢消退。一夜没睡带来的疲乏就像一个装满铅的背包，重重地压在他们身上。特里斯坦在水里左顾右盼，察看附近是否有别的船只、摩托艇或者直升机。他心想：瑞克顿到底能有多少船、摩托艇和直升机？他向姗姆求证，是否在水里发现了什么。姗姆回答说："什么也没有，至少目前来说是这样的。"

小营员们拖着沉重的身体，从水里走出来，倒在沙滩上。

"我觉得自己能睡上一整天。"露西娜说道，"也许我们应该待在这里，等待救援。"

休问特里斯坦："还有多远？"

在家的时候，如果有类似跑步、攀爬、打球这样的团队活动，特里斯坦永远都是后备队员；也没人选他在复活节的时候搬鸡蛋；甚至连帮助长辈提生活用品的资格都没有。但现在其他海鞘不仅需要他带路，还需要他的领导。特里斯坦认为，这很可能是因为瑞德实在太讨人厌了，而且又没有其他人愿意站出来，就像康复中心那群鱼一样，群龙无首。在某种程度上，特里斯坦已经被默认为海鞘队的队长，所以他更不想让大家失望。他真希望自己没把地图弄丢，可现在他只能尝试在脑海中重新把地图勾画出来。

"我觉得这里应该离实验室不远了。"他对其他人说道，"我们最好在他们追上来之前，继续赶路。"

特里斯坦往南面看看："沿着这片沙滩，好像能走到'回旋镖'的弯折处。现在附近没有人，我们在沙滩上走一会儿吧。"

休打了个寒战："和煦的阳光、温暖的沙子，走路是个不错的选择。新手蹼和新脚蹼确实非常好用，但可惜我们没有适合潜水的皮肤，我都快冻僵了。"

"兄弟，在这里很容易被发现。"瑞德警告道。

"是的，你说得没错。那你们还想回水里去吗？"特里斯坦问道。

所有人都摇摇头，除了瑞德。

"好吧，不过到时候，可别说我没提醒你们。"瑞德对他们说道。

　　孩子们站了起来，他们沿着暖洋洋的沙滩往前走，但是走得很慢。因为每走一步，双脚都会陷进细腻的粉状沙子里。特里斯坦比其他营员走得稍微快一点，他想为他们树立一个好榜样。可他自己觉得做得很糟糕，因为他一脚深一脚浅地走在沙滩上，动作比蜗牛还要慢，再说都已经绊了好多下了。

　　为了分散注意力，特里斯坦一边艰难前行，一边观察小岛上的情况，否则他就会忍不住去想脚底的沙子有多柔软、自己有多疲乏。在这座岛上停留真是一个糟糕的选择。比在学校里一动不动地坐着，花好几个小时考试还要折磨人。尽管后者对于特里斯坦来说，已经很难承受了。这座小岛完全暴露在阳光下，哪怕有遮阴处，也很少。特里斯坦觉得，岛上不仅没有淡水，而且肯定什么吃的都没有。他看到了几棵很小的椰子树，但树上一颗椰子都没结。不过哪怕长满了椰子，特里斯坦也不认为他们中的哪一个能爬上去摘椰子或者把椰子打开。

　　岛上长满矮小茂密的荆棘丛，荆棘上长着尖尖的刺。绿色的细藤蔓缠绕在一起，从荆棘丛下偷偷地爬出来，在沙滩上组成了许多奇怪的井字板。藤蔓上长着扁平的紫色大花，每一朵花的中心都有一个白点。它们让特里斯坦想起了葡萄口味的薄烤饼，中间配着一团黄油。一想到这个画面，他的肚子就咕咕叫起来。

　　孩子们在沙滩上举步维艰。大约十五分钟后，特里斯坦的泳衣和头发都干了。他的皮肤也被太阳晒得隐隐刺痛。他的嘴巴很干，

仿佛正在嚼一块毛巾。他尽力克制自己，不让自己去想：在如此炎热的天气里，他已经精疲力竭，而且饥肠辘辘，极度渴望喝上一大杯冰镇柠檬水。但走在这片柔软、炽热的沙滩上，他越来越控制不住自己的思绪。

特里斯坦开始思考，他们该不该回水里去。因为至少水里很凉快，他们前进的速度也能更快。

"我现在好想吃点心。"休憧憬道，"一杯冰巧克力牛奶，配我家厨师做的红丝绒蛋糕。"

"给我一杯用旧玻璃杯装的水和一个芝士汉堡就够了。"特里斯坦补充道。

很快，他们就到达了小岛的拐弯处，也就是"回旋镖"的弯折处。这里散落着很多略带红色的石头。它们堆在一起，层次分明，在角落里为这座小岛创造了一个天然标记。他们像在游乐场里爬短滑道似的爬上岩石堆，然后从另一侧一级一级地跳下来。绕过这个拐弯处，是另一片沙滩。这片沙滩有四分之一英里长，一直延伸到岛屿的南端。特里斯坦的第一个反应是，天哪，别再有沙子了！但他马上意识到，这片沙滩和北面岛屿上的沙滩一样，覆盖着很多扁平的石头。也许他们不用再回到水里去了，因为踩着石头走，会容易很多。

瑞德一定也想到了同样的事。他从岩石堆上跳了下来，踩在扁平的石头上，独自往前跑去。

沙滩一侧排列着茂密的灌木丛，里面突然传来了响亮的沙沙声。瑞德和其他孩子吓呆了，紧张地盯着不断晃动的绿色灌木丛。几秒钟之后，一群深棕色的美洲大蜥蜴从灌木丛下冲出来，朝他们狂奔而来。这些爬行动物像上了发条的玩具一样，快速移动自己的小短腿，以至于整个身体和尾巴都疯狂扭动起来。特里斯坦、姗姆和瑞德仿佛瞬间石化了，站在那里一动不动。休和露西娜飞快地向水里跑去。美洲蜥蜴们在离特里斯坦他们几英尺的地方停住了，歪着脑袋，端详着入侵者。

特里斯坦近距离地观察了这些生物。它们像极了迷你恐龙，皮肤皱巴巴的，脚趾上覆盖着鳞片，尾巴又细又长。姗姆蹲在地上，伸出一只手。一只美洲蜥蜴低着头，好奇地向她移动。它从嘴巴里吐出一根前端分叉的粉色舌头。

"最好不要招惹它们。"休警告道。

"哦，它们看起来不会伤人。"

特里斯坦就近从藤蔓上摘下一朵紫色的薄烤饼花递给姗姆："你试试用这种花喂它，我们班以前养过一只美洲蜥蜴。"

姗姆小心翼翼地拿着盛开的鲜花，凑近美洲蜥蜴。蜥蜴朝姗姆缓慢地爬去，然后就像一台大功率吸尘器一样，迅速吞下了花朵。"真酷！"

"嘿，让我也试试。"露西娜说着从水里走了出来。她摘下一朵花，猛推到最小的美洲蜥蜴脸上。这只小蜥蜴只有大约一英尺长。

小东西嗅了嗅那朵花或者是嗅了嗅露西娜的手——这很难说清楚。它迟疑了一下，然后突然往前冲去。

"啊呀!"露西娜一边尖叫，一边狂甩手，因为那只美洲蜥蜴正趴在她手上。她用力甩了好多次，小蜥蜴才松开爪子，被甩进灌木丛里。特里斯坦努力克制住，才没笑出声来。他从没见过能飞的美洲蜥蜴。露西娜盯着自己的手。蜥蜴在她手上咬了一口，血从手上的牙齿印里渗了出来。其他美洲蜥蜴也开始靠近孩子们。

"也许我们应该回水里去。"姗姆一边后退，一边建议道。

"有谁能和美洲蜥蜴交流?有人吗?"特里斯坦问道。他也在往海里退。

"呃，我觉得我们应该不能和它们交流，因为它们不属于海洋生物。"休说道，"露西娜，到水里来，海水能治好你的手。"

露西娜看看休，她的眼神似乎在说，真是一个十足的傻瓜。但为了摆脱美洲蜥蜴，她还是往水里走去。他们往水深处退去，但眼睛始终盯着不断靠近的蜥蜴。海水已经漫过了孩子们的腰部，迷你恐龙们也停了下来，因为它们走到了海水的边缘。

姗姆如释重负，她对露西娜说:"你的手怎么样了?"

"你觉得呢?我刚被一只巨大的蜥蜴咬了。"她把那只手从海水里拿出来，鲜血从伤口处滴下来。

"把手放回水里，我说真的。"休说道。

"对，放在水里。"特里斯坦劝说道。

露西娜耸耸肩，然后把那只流血的手放回到水里："然后呢？"

"在水里保持一分钟，再看看情况如何。"休对她说道。

其他营员也围了过来，大家都盯着露西娜的手看。伤口周围的皮肤很快变得有些模糊，就像墨水在纸上渗开那样。然后伤口奇迹般地消失了。露西娜把手从水里拿出来。从她的手指上滴下来的东西只有清澈的黏液。

"也许是因为你手上有黏液，美洲蜥蜴才会咬你。"姗姆说道。

"也可能只是因为它们原本就是凶猛的野生动物。"露西娜回答道，"你怎么知道伤口在海水里能自己愈合？"

"在夏令营的时候，我也经历过这样的事。"特里斯坦对露西娜说道，"我被丛林墙的草割伤了……"

特里斯坦还没来得及仔细解释，就被一个不寻常的声音打断了。声音虽然微弱，但仍旧打破了小岛的宁静。他们东张西望，试图寻找声音的来源。

"在那里。"特里斯坦指着南面天空中的一个黑点说道。黑点越来越大，声音也越来越响。

"哦，天哪，是一架直升机！"姗姆说道，"也许又是瑞克顿派来的人。我们该怎么办？我们可以躲在小岛上。但除了和美洲蜥蜴一起躲在荆棘丛里，好像别无选择。躲在水里怎么样，你们觉得？"

"当直升机飞到我们上空时，我们立刻潜到水里躲起来。"瑞德建议道。

"还有别的办法吗？"休一边说，一边慌乱地左顾右盼。

"没有。"特里斯坦回答道，"这里的水清澈见底，哪怕藏在水里，也很可能被发现。我们得游到更深的水域里。"

他们往大约十五英尺深的海域里游去。这时，直升机离他们近多了。因为他们可以清晰地听到直升机旋翼飞转时发出的轰鸣声和发动机的咯吱声。他们十分肯定，那架直升机正朝他们飞来。

"你觉得他们看到我们了吗？"姗姆一边踩水，一边担心地问道。

"希望没有。"特里斯坦说道，"好了，我们得掐准时间。大家游得小心点，在直升机到我们上空的前一秒，潜进水里，然后往南游。尽量贴着海底游，在水里能待多久就待多久。"

特里斯坦感觉到自己的心脏咚咚乱跳。时间过得似乎特别慢，明明是几秒钟，但对他而言像是过了好几个小时。直升机离水面很近，他能看到驾驶舱的透明玻璃、飞机底部的两个滑轮和直升机侧面的红色"R"字。

"现在还不行。"特里斯坦说道，"再等几分钟，坚持住。"

"就现在！"瑞德喊道。

"不！"特里斯坦回击道，"还不行！"

其他人看看特里斯坦，又回头看看瑞德。但最后他们还是决定支持特里斯坦。瑞德摇摇头，潜进了水里。

在直升机飞到他们头顶的前一秒，特里斯坦喊道："赶紧

下去！"

他们潜入水里，用力踢水。然后迅速冲向海底，紧贴着海底的沙子游。特里斯坦暗自祈祷，希望头顶的水能把他们藏起来。或者至少让他们看起来像是某种长得比较怪异的海洋生物。

瑞克顿从直升机上往下眺望。他们正在飞越一个狭窄的小岛，岛上还有一个拐弯处。海水十分清澈，他看到水里有几条大鹰鲼和鲨鱼。突然，他感觉有什么东西动了一下，这引起了他的注意。

"往下飞。"瑞克顿命令飞行员。

直升机往下降了一点。瑞克顿盯着底下的海水仔细观察。他看到有东西在水下游动，像是一群奇形怪状的海豚或者长得非常滑稽的鲨鱼。

"见鬼，那些是什么东西？"瑞克顿说道，但直升机已经快速飞过。

"不知道，先生。您想让我掉头回去吗？"

瑞克顿犹豫了一下："不用了，继续往前开。布兰顿船长联系不上留在事发地点的潜水员，我得赶紧过去确认我的游艇是否安全，我们一会儿再回来。我还想仔细察看一下刚才经过的那座小岛。我看到岛上建有飞机跑道。"

特里斯坦屏着气，紧贴着铺满白沙的海底游动，但他已经快窒息了，坚持不了多久。他抬头向上看看，又朝四周张望了一下。其他人紧跟在他后面，但他们已经纷纷往水面游去。特里斯坦往下一

踢，加入了他们的队伍。瑞德也重新跟大家聚在了一起。

特里斯坦贪婪地呼吸着新鲜空气，同时转过身寻找直升机的踪迹。直升机已经往北飞走了。他希望，那意味着直升机上的人并没有注意到他们，或者把他们误认为是巨大的怪鱼。

孩子们终于游过了小岛的南端，他们看到自己离李司德金岛不远了。

"真的很近了。"特里斯坦说道，他想替大家鼓鼓劲。

休问姗姆："附近还有别的船或者摩托艇吗？"

姗姆潜入水中。过了一会儿，她浮了上来说："没有船，也没有摩托艇，但我们的朋友正往这边赶来。"说着，她转了个身。

休悄悄地游到了特里斯坦和姗姆的身后。

"哪里？"露西娜问道，她在水里转了个圈。

远处，有两条海豚跃向天空，并且连续跳了三次。它们朝着孩子们游过来，然后潜到水里消失不见了。

"快，"瑞德说道，"我们快游。"

"等等，它们快到了。"姗姆说道。

话音未落，姗姆就看到两只海豚出现在休身旁。休被吓得跳了起来，不小心撞到了特里斯坦："它们为什么老这么吓我？"

特里斯坦和其他孩子都哈哈大笑起来。连海豚们也因为捉弄了休，看起来特别开心。然后，营员们又发现有五条柠檬褐色的鲨鱼正绕着他们转圈。它们大约有六英尺长。其中一条友好地撞了一下

特里斯坦，就像老朋友见面时打招呼那样。特里斯坦潜到了水下。

"嘿，兄弟，你们情况如何？跟你说，兄弟，我们简直太邪恶了！把那几个人吓得屁滚尿流。"

特里斯坦在心里默想：是的，你们干得太棒了，谢谢。

一条体型略小的鲨鱼游到他们身边说："兄弟，告诉他那艘船的事，快把那艘船的事告诉他。那些坏蛋再也找不到那艘船了。巨头鲸实在太厉害了。"

特里斯坦还没来得及询问更多细节，就听到一个熟悉得不能再熟悉的声音。营员们抬头看看天空的北面，瑞克顿的直升机转了一圈又回来了。

"又来了！"休叹了口气，"天哪，这个男人到底有什么毛病？"

"呃，伙伴们，我觉得我还有另一个麻烦。"露西娜盯着自己的手说道，"我的，呃，蹼消失了。"

其他人也看看自己的手。特里斯坦、姗姆和瑞德的手蹼还在，但好像也比之前薄了一点。

休的双手已经变回到正常的样子："我们把海洋夏令营的特制水落在船上了。不过现在我们终于知道这个蹼能持续多久了。"

"我早就说了，要赶快走，越快越好。"瑞德说道，"我不想在这里耽搁了。"他潜入水里，然后向空中跳了一下沉到水里，往李司德金岛游去。

"等等！"姗姆对他喊道。但为时已晚，姗姆转身对其他人说

道："海豚们有个主意。当直升机飞过时，我们可以躲在它们身体下面，这样就不用游得很快了。"

"我觉得这个主意不错。"特里斯坦说道。其他人也点点头，他们紧张地看着不断靠近的直升机。特里斯坦潜入水里，把这个计划告诉了鲨鱼们。鲨鱼们也愿意提供帮助。

姗姆在水底下和海豚们进行了简短的讨论，然后浮到水面上告诉其他人该怎么做。休和露西娜被吓得目瞪口呆。

"加油，你们肯定能做到。只要在水底下慢慢游一会儿就行。"特里斯坦对他们说道。

"我们也会和你们一起游。"姗姆补充道。

海豚和鲨鱼们又围着孩子们转了一圈，然后慢慢地游到他们前方，贴着水面活动。姗姆向其他人招招手，示意他们往前游。海豚和鲨鱼即将成为他们的海洋护卫。他们跟在海洋生物后面，在水里绕来绕去，判断直升机的位置。直升机比之前飞得更低，简直像在水上滑行。直升机头顶的旋转叶片让海水溅了起来，声音震耳欲聋。

姗姆停了下来。她竖起手指，数道："一、二、三！"孩子们一起潜到海底，肚子贴着海底的沙子往前游动。海豚和鲨鱼们减慢了速度。

一个黑色的阴影投射到特里斯坦身上。他抬起头，看到有两条鲨鱼肩并肩地在他上方游动。一条鲨鱼侧过身子，用黑色的眼睛盯

着下面看："看起来很不错，兄弟。哎呀，对于人类而言，你在水底相当厉害。"

特里斯坦露出了一个微笑，一串泡泡从他嘴里冒了出来。他赶紧收起笑容，专注地躲在鲨鱼身体下面。直升机的速度慢了下来，不依不饶地在他们上空盘旋。特里斯坦快憋不住气了，他转身看着其他海鞘。显然，他们也在挣扎，竭力不让自己浮上去。休和露西娜已经不游了。他们抬着头往上看，眼睛瞪得老大，脸色苍白。

大家实在憋不住了，赶紧让鲨鱼和海豚们让了条路，然后以最快的速度冲到水面上，大口大口地呼吸着新鲜空气。直升机还在附近徘徊，但已经把头转了过去。如果直升机里的人不扭头看，根本没法发现水里的营员们。海豚和鲨鱼们稍稍加快了速度，继续往前游。直升机好像在它们身后跟了一会儿。几分钟之后，它爬上高空，继续往南飞去。

"希望他们不会发现瑞德。"姗姆说道，"你们知道他往哪个方向游吗？"

大家都摇摇头。

"快点，我们得在其他人来之前，尽快赶回实验室。"特里斯坦说道。

所有人都表示强烈支持。特里斯坦带着海鞘们，潜进了水里。鲨鱼和海豚们转过身，往回游来。然后营员们和海洋生物们都停了下来，互相表示了感谢。

一条鲨鱼游到特里斯坦身边，跟他告别。特里斯坦心里正在默想告别和感谢的话语，突然有个粗糙的大东西撞到了他的脚。特里斯坦赶紧把自己的腿和脚趾缩了起来。他转过身，看到那条体型较小的鲨鱼正在他身后徘徊："开个玩笑而已，兄弟，我不会吃你的脚趾的，现在有很多乌贼和鱼类可以吃。再见！"

营员们继续往前游。休和露西娜大部分时间都在水面上游，但也时不时地潜到水下。特里斯坦和姗姆则一前一后地在水底游。他们贴着铺满沙子的海底，慢慢摆动身体。特里斯坦看到几只紫色的海扇在平静的水流里摇摆，仿佛是优雅的紫红色蕾丝。一堆堆黄色的脑珊瑚四散在海底，圆圆的脑珊瑚上弯弯曲曲地长着深深的凹槽。接着，特里斯坦又看到两丛毛茸茸的紫色软指珊瑚在水里摇晃。他想游到软指珊瑚边上专心地观察，但差点笔直地撞上一丛乱糟糟的鹿角珊瑚。这些鹿角珊瑚就像黄色的细枝丫。特里斯坦意识到，他们现在所处的位置应该就是彩虹暗礁。

特里斯坦浮到水面上换了口气，然后又潜回到水下。一条半黄半紫的鱼从他身边游过。它的身体是流线型的，长着精致的黑色鱼鳍，尾巴分叉。它的头上长着蓝黑相间的条纹，像极了脸部彩绘。特里斯坦朝四周看看，五颜六色的鱼在珊瑚丛里游来游去。他看到一条皮包骨头的橙色的鱼，身体很长，就像一把尺子。这让特里斯坦想起，有一次在学校里，几个孩子试图用尺子打他。他看到的下一个生物并不像一条鱼，而更像是一个会游泳的盒子。

这里到处都有新鲜的东西。特里斯坦很想在暗礁上待一会儿，好好探险，但他知道他们必须赶回实验室。当他往后踢水时，产生的力量越来越小，这说明他的脚蹼也快消失了。他恋恋不舍地扫视了一圈，然后游到了水面上。姗姆也跟了上来。

"太美了。"她说道，"你看到那些鱼了吗？太漂亮了！"

休瞪着眼睛，游到姗姆身边。他不停地颤抖，上气不接下气地说道："一条棕色的鱼发疯了，居然在水下袭击了我——好像是水虎鱼。它不知道是从哪里冒出来的，突然咬了我一口。休举起了一根手指，但上面并没有咬痕。"

"至少你活下来了。"姗姆用开玩笑的口吻说道，"也有一条来追我了，大约三英寸长。我觉得它们应该在保护什么东西。"

休平静了下来，然后在自己的脑袋上打了一下："哦，我知道它们是什么鱼了。它们是自私的小热带鱼。它们在海里建造微型海藻农场。一旦有别的鱼靠近，它们就会把人家赶走。我刚才怎么没想到？"

"加油，我们马上就到了，"特里斯坦微笑着说道，"快游！"

他们告别了壮美的暗礁，径直往李司德金岛上的码头游去。

当他们靠近码头时，特里斯坦先停下来，仔细观察了周边的情况。码头上只有两艘船停着，这就意味着其中一艘还没回来。他好像看到了码头底下有东西在动，但他并不能确定是什么东西。于是他潜入水里，往码头靠近了些。他小心翼翼地浮出水面，看到瑞德

攀在码头的梯子上，正在朝他们疯狂地挥手。

"在这里！"瑞德压低声音喊道。

"怎么了？"特里斯坦问道，"你去哪里了？"

"我看到那架直升机降落在小岛上。刚才我正想爬上岸的时候，看到马文先生和一个又矮又胖的男人一起往码头走来。那个男人就像一只丑陋的大癞蛤蟆。所以我只能潜入水里，躲在下面。"

"他看到你了吗？"

"应该没有。从刚才开始，我就一直躲在这里。"

突然，他们听到了脚步声。有人正往码头走来。

20. 令人震惊的发现

孩子们尽可能轻手轻脚地游到码头底下。他们头顶的脚步声越来越响。特里斯坦低着身子，透过木板间的缝隙偷偷往上看。他迟疑了一下，然后往梯子那边游去。

"嘿，你去哪里？"瑞德小声地说道。

"回来！"休补充道。

一个男人高声说道："我觉得这里有些奇怪。"

其他海鞘都屏住了呼吸。

特里斯坦爬上了梯子："嘿，戴维斯主管。"

"我们都快急疯了，其他人呢？"

"在下面。"姗姆喊道。

"好吧，快上来。你们肯定冻坏了。"

"这里安全吗?"瑞德问道,"那个长得像癞蛤蟆的男人走了吗?"

"瑞克顿先生和马文先生往飞机跑道那里去了。马文先生带他参观了实验室,并为他做了基本的讲解。当然,不可能把所有细节都告诉他。他的直升机马上就要起飞去大埃克苏玛岛。你们赶紧去小屋,免得他再回码头。"

一行人跑着离开了码头。休在半路上问特里斯坦:"你怎么知道是戴维斯主管?"

特里斯坦低头看看主管的运动鞋—— 一只是黄色的,一只是蓝色的。

戴维斯主管无意中听到了他们之间的谈话。他低头看看自己脚上那两只颜色迥异的运动鞋说:"对,这是一条非常明显的线索。几年前,我还在军队服役。因为一起事故,没了两根脚趾。从那以后,受伤的脚只能穿定制的鞋子。为了每天早上能以最快的速度区分左脚和右脚,我一直让人把定制的鞋子做成蓝色。"

海鞘们回到马文先生的小屋后,用热毛巾擦干了身体。特里斯坦闻到从隔壁厨房里飘来的诱人香味。他走进厨房,看到炉子上放着一个大蒸锅。特里斯坦像被施了魔法一样,跟着香味笔直地朝蒸锅走去。

"他坐上直升机,往你的方向飞走了。"主管的皮带上别着一个无线电对讲机,对讲机里传来了马文先生的声音。

戴维斯主管回答道:"收到。失踪的营员们平安回来了。"

"待会儿见。"

他们听到瑞克顿的直升机起飞了,然后看到它从跑道上跃起,穿过码头上空,往南边飞去。

"你们回来的路上,一切顺利吗?有没有遇到麻烦?"戴维斯主管边问边走进了厨房。当从特里斯坦身边经过时,他看到特里斯坦已经馋得快流口水了。

孩子们互望了一眼,然后大家开始七嘴八舌地讲了起来。

戴维斯主管笑了:"好了,好了。特里斯坦,你来告诉我发生了什么怎么样?"

于是,特里斯坦从他们在叠层岩跳船开始往下讲。当他讲到惊险的部分时,其他孩子,特别是瑞德和露西娜,就会忍不住插嘴。比如他们如何把一个开着摩托艇、佩着枪的恶棍引诱到鲔粒沙波上;露西娜如何被一只凶猛的会吃人的美洲蜥蜴咬了一口;以及他们差点被瑞克顿发现,还极有可能被枪杀,但在鲨鱼和海豚的掩护下,总算幸免于难。

"好吧,实在太惊险了,你们真了不起!对于新营员来说,这很不容易。你们不仅随机应变,而且完美地运用了自己的技能。快喝点,让身子暖和暖和。"

戴维斯主管给每个人都端了一大碗鸡汤面和一大杯水。特里斯坦觉得这绝对是自己喝过的最美味的汤。不,应该算是吃过的最好

的食物，不过也可能是因为他实在太饿了。现在对他而言，哪怕是他妈妈做的炖花椰菜，味道也不错。房间里出奇地安静，只剩下喝汤和吃面的声音，响亮得让人觉得有些荒唐。

他们听到有人用力地关上了办公室的门，然后马文先生走进了房间："欢迎你们回来，营员们。见到你们实在太高兴了，你们都还好吧？"

孩子们嘴里塞满了食物，所以只能点点头表示回应。

"他们完全依靠自己的能力游回海洋实验室，实在太棒了！真的太厉害了！"戴维斯主管对马文先生说道，"瑞克顿有没有发现什么？是不是起了疑心？"

马文先生看着小营员们说道："是这样的……他说，当我们走过码头时，他好像看到一个长着脚蹼的大东西从码头上跳了下去。但我想我已经说服他了，我告诉他那是一只大鹈鹕，而且亨利也帮了大忙，它刚好在码头下面游来游去，所以瑞克顿就信以为真了。他还提到，他觉得有些海洋生物的行为十分怪异，特别是鲨鱼和海豚。另外，他的两个手下好像也神秘失踪了。"

"他有没有提到他的游艇沉没了，还从沉没地消失了？"

"没有，他没提。但我能看出来，他心情很差。准确地说是愤怒，所以最好不要惹他。"

营员们紧张地面面相觑。

"他怎么会降落在李司德金岛？"特里斯坦问道。

"我觉得他现在对巴哈马的一切都持怀疑态度。"马文先生回答道，"他问了我很多问题，比如岛上有几艘船？谁会来这里？我们在这里干什么？我告诉了他大部分的实情——只对一些细节作了保留。"

这时，他们听到了快艇发出的轰鸣声，它正在靠近码头。

"你们待在这里别出去，我去看看是谁。"马文先生对他们说道。

海鞘们和戴维斯主管悄悄地趴到玻璃移门上。

不一会儿，马文先生就回来了："是弗雷德教练和桑切斯女士回来了。"

教练让孩子们回到座位上，再喝一碗汤。这时，弗雷德教练和桑切斯女士走了进来，洁德、洛里和拉斯蒂跟在他们身后。

"任务圆满完成，长官。"教练对戴维斯主管说道。

"对，在很长一段时间内，没人能找得到那艘游艇……也或者他们永远也找不到了。"洁德活泼地说道。

"抱歉，请允许我打断一下。我很好奇，你们究竟对那艘船做了什么？"特里斯坦问道。

戴维斯主管看着弗雷德教练说道："说说吧。"

教练的脸上堆满了笑容："是这样的，小营员们，在巨头鲸和海豚的大力帮助下，我们给游艇充了气，让它能从海底浮起来，然后把它拖到了'海洋之舌'。一到那里，我们就在游艇的右边弄了

几个洞，让它沉下去。瑞克顿先生的游艇现在正安静地躺在距离水面大约七百英尺的海底。它将成为盲鳗们新的游戏场所。"

"哇哦！"特里斯坦说道。

"太棒了！"瑞德补充道。

"可惜的是，船上所有的贵重物品也都沉到海底了。"洁德说道。

"那些是不义之财，亲爱的。"桑切斯女士对她说道。

"你们觉得瑞克顿还会回来找那艘船吗？"休问道。

"哦，我相信他会的。"戴维斯主管说道，"我确定他会继续不计成本地寻找游艇和那艘他心心念念的沉船。瑞克顿先生不像是个会轻易放弃的人。不过，即使他能找到游艇，也没有证据能证明我们与游艇的沉没有关。"

弗雷德教练他们继续向戴维斯主管汇报在过去的二十四个小时里发生的一切。为了表示感谢，戴维斯主管给洁德、洛里和拉斯蒂也端了鸡汤面和水。

特里斯坦的身体就像灌了铅一样沉重，他的每一块肌肉都酸痛不已，他从来没有这么累过。他把身体靠在沙发上，陷进了靠枕里。一个硬物剌到了他的大腿，阻止他进入甜美的梦乡。特里斯坦差点把这个东西给忘了。他把腿伸直，把手伸进裤子口袋里。然后从口袋里掏出一个表面凹凸不平的棕褐色球状物体。它和叠层岩一样，被封在石灰石里，就像一个巨大的弹珠。特里斯坦把圆球拿在

手里左右转动，试图搞清楚它到底是什么。

姗姆和休靠着他，坐在沙发上。

"这是什么?"姗姆问道。

"是我在鲕粒堆里发现的。本来我已经陷进去了，幸亏有了它，我才能逃脱。我当时踩到了一个硬物，这是我从上面掰下来的。"

特里斯坦一边用手指揉搓，一边把坚硬的沙球展示给大家看。沙粒掉了下来。特里斯坦在咖啡桌的边缘轻轻敲打沙球，沙球裂成了两半。

"那是什么?"戴维斯主管问道，他朝三个小营员走了过来。

特里斯坦抬起头："我也不知道。这是我在流沙区的沙波里找到的。"他盯着裂成两半的沙球，拿起其中一半，仔细观察。它像极了对半剖开的胡桃，很脆，里面的沙粒被石灰石胶合起来。然后，他又拿起另一半，把它翻转过来。"哇哦!"特里斯坦的眼珠都快要瞪出来了。

他把那半边沙球递给戴维斯主管。

"的确很让人吃惊。"

"这是什么?"姗姆和休异口同声地问道。

"孩子们，我有一种感觉，瑞克顿先生肯定会气炸的。"

马文先生无意中听到了他们的对话："为什么?"

戴维斯主管把沙子包裹着的东西递给马文先生。

"天哪!特里斯坦，你很可能找到了一条重要线索。根据这条

线索，我们能找到瑞克顿一直在搜寻的那条沉船。"

这句话引起了屋子里所有人的兴趣。他们围了过来，都想看马文先生手里的东西。马文先生把半圆形的石灰石沙球举起来，转了个圈。沙球里面的东西露了出来——是一枚闪闪发光的金币，上面还刻有西班牙的标记。

21. 返回海洋夏令营

返程时，因为多了三个被营救回来的成员，小直升机只剩下了一个空位。弗雷德教练、桑切斯女士仍旧是机长、副机长。起飞之前，教练兴奋地跟大家提议，让他在途中来几个空中特技，跟死神打个招呼。但被营员们异口同声地拒绝了，营员们的态度比之前更坚定。等他们系好安全带之后，戴维斯主管又给他们讲了几个新笑话，他看到孩子们听得很认真的样子，以为他们十分受用，但实际上，效果没比以前好多少。

登机前，所有人都向马文先生告别，并对他的帮助表示感谢。特里斯坦绞尽脑汁地想向马文先生解释清楚他到底是在哪儿捡到金币的。但想在地图上定位可没那么容易。因为当时他被一个巨大的沙波困住了，差点永远出不来，还有一个凶神恶煞的佩枪歹徒朝他

狂奔而去，更别说他身上佩戴的跟踪器根本不起作用了。

马文先生向营员们保证，当他们开始在流沙区秘密搜寻"圣风号"遗骸时，会在第一时间通知夏令营。戴维斯主管表示，夏令营方面可以派几个大营员过来帮忙。当然，特里斯坦和其他海鞘也积极地表达了希望参加搜索行动的意愿，却遭到了戴维斯主管直截了当的拒绝。他说，海鞘们在入营第一个礼拜所做的事已经比有些营员一辈子做的还要多了。海鞘们还得学习新知识，需要进行更多训练。再说了，事实上夏令营让他们参加类似的行动，根本没有获得他们家长的允许。

直升机起飞了，到了一定高度后，水平地往可兰奇岛飞行。休和特里斯坦隔着一条走道坐着。休歪过身子，靠近特里斯坦说："太酷了，你一定要好好保存那枚金币。你觉得它值多少钱？"

"不知道，"特里斯坦说道，"你觉得那艘沉船值多少钱？"

"戴维斯主管，长官，"休朝前面喊道，"你觉得那艘沉船值多少钱？如果被找到的话。"

戴维斯主管解开安全带，走到休、特里斯坦和姗姆面前："我不知道，休。但你看，如果约翰·皮尔庞特·瑞克顿也想找它的话，那它一定价值连城。"

"如果马文先生找到了沉船，他会如何处理船上的金子和其他物品？"姗姆问道。

"是这样的，这是一个联合行动。如果我们先找到了沉船，马

文先生可以申请自己的权益，我们得分他一部分。当然，在此之前，巴哈马政府会先拿走一部分。"

"你的意思是海洋夏令营也能拿到一部分金子？"特里斯坦问道。

"是的，它们能为我们的下次行动提供资金。哦，我不知道，也许能资助未来所有的行动！"

"太棒了！你觉得要多久才能找到？"

戴维斯主管摇摇头："我不知道。有可能只要几天，也有可能是几个礼拜，甚至是几年，得找起来看，这取决于我们的运气。金币是一个很好的开端。我打赌，沉船一定埋在流沙区的某处，就在那些鲕粒下面。"

"如果瑞克顿发现我们也在寻找沉船，该怎么办？他可是十恶不赦的。"姗姆问道。

"我们会秘密进行。"戴维斯主管转身对特里斯坦说道，"这就意味着，大家现在必须对金币的事守口如瓶，知道吗？"

特里斯坦点点头："遵命，长官。"

"如果我们先找到沉船，进行了官方申明，瑞克顿也就只能自认倒霉了。"

"你觉得他会不会回实验室找麻烦？"休问道。

"也许吧，但我打赌他会忙得不可开交，因为他得寻找自己的游艇和那艘沉船——当然只是在错误的地方白费工夫。"

"开摩托艇的两个男人呢？一旦他们被找到，一定会把所有的事都告诉瑞克顿。"

"等到那时候，我们早就离开了，一点踪迹都不会留下。好了，提问时间结束了。你们三个也应该和其他人一样，好好打个盹儿。我有一种预感，我们降落时，会受到热烈欢迎。"

特里斯坦在机舱内环顾了一周。其他营员们都睡得很香，他之前倒真没注意到。特里斯坦闭上眼睛，心想直升机的轰鸣声这么吵，过去二十四个小时的经历也还历历在目，自己怎么可能睡得着。但没过几分钟，他就进入了梦乡。

直升机即将降落在可兰奇岛。特里斯坦往窗外望去，现在是下午三点左右，所以佛罗里达群岛海洋公园里到处都是游客。从飞机上往下眺望，地上的人群变成了一堆到处乱跑的虫子。飞机沿着跑道绕了一圈，然后稳稳地停了下来。

"欢迎大家回到海洋夏令营。"无线电设备里传来了弗雷德教练温柔但十分做作的声音，"欢迎大家乘坐弗雷德航空。希望大家度过了一段美好的空中旅程。现在，请大家走下飞机！"

"教练可真是个话痨。"戴维斯主管说道，"你们每个人都干得很棒。现在请大家先把行李放回宿舍。晚饭前，在潟湖码头集合。洁德、拉斯蒂、洛里，请你们跟我去办公室一趟，我们得好好聊聊。"

当海鞘们下飞机时，弗雷德教练、桑切斯女士和戴维斯主管和

每个人一一握了手，并收走了他们的腕带跟踪器。特里斯坦被飞机里铺着的地毯绊了一跤，差点头朝下摔下台阶，但他从未感到如此骄傲。

"特里斯坦，感谢你在巴哈马所做的一切。"戴维斯主管说道，"你很聪明，能灵活地运用自己的技能。我期待你在夏令营里有更好的表现，你的前途一片光明。现在请赶紧去休息一下，千万别再惹麻烦了。"

"谢谢，戴维斯主管。但是你看，我可能得给我妈妈打个电话。"

"当然，当然可以。晚饭后，请到我办公室来，你可以用我办公室的电话给她打。我知道向父母隐瞒夏令营里的一切很不容易。在夏令营结束前一周，我们会向你们的父母解释清楚。但是我们可能会对巴哈马的事有所保留，我想你应该明白我的意思。"

"是的。"特里斯坦点点头说道。

所有人都围在直升机周围，看弗雷德教练如何停靠。

跑道上空无一人。"其他人都去哪儿了？"桑切斯女士说道，"我还以为至少乔丹医生会来这里迎接我们。"

"吼吼！"

跑道两侧的树丛后面跑出来一大群人。乔丹医生在前面带路，海豹队的双胞胎——朱莉和吉莉安跟在她身后。他们一边向直升机的方向跑，一边大声欢呼。有些人上来拍拍回归营员的后背，表示

庆祝；有些人上来和他们拥抱、握手。两个大营员抱住了露西娜，把她吓了一大跳。瑞德则相反，他和每个人都握了手，并向他们酷酷地点点头。他跟大家解释了巴哈马行动的危险性，并说自己在行动中起到了至关重要的作用。休和姗姆被祝福声包围了，显得有些不知所措，而特里斯坦只是吃惊地站在那里。

"他们终于认可我了。"弗雷德教练开玩笑地说道。

"好了，好了，谢谢大家。"戴维斯主管说道，"你们也干得不错。一小时后，请大家在潟湖码头集合，现在请大家都离开吧。"

营员们像一群四散而去的海豚，纷纷离开跑道，往公园里走去。特里斯坦、姗姆和休跟在人群后面。特里斯坦已经身心俱疲。在这么短的时间里，发生了这么多事，他已经累趴了。一回到陆地上，才没过几分钟，特里斯坦就不小心踩到了一块碎石头。他一个趔趄，摔倒在地："我们能回水里去吗？"

他们三个人同时大笑起来。休和姗姆伸出手，把特里斯坦拉了起来。

当特里斯坦、休和姗姆到潟湖时，其他人都差不多到齐了。戴维斯主管正站在码头上和弗雷德教练、桑切斯女士，还有乔丹医生聊天。连土得掉渣的海水系统管理员马克和技术怪咖弗拉什也在。马克身上穿着紫色和橙色的格子衬衫，脚上穿着标志性的黄色胶靴。弗拉什鼻子上架着一副深色的太阳镜，头上戴着一顶宽松的帽子。在傍晚的光线里，这身打扮显得特别奇怪。弗拉什一看到休，

就朝他招了招手。

戴维斯主管看到了三个小营员，向他们挥挥手，示意他们过去。沙滩上聚集了一大群营员。特里斯坦、姗姆和休从人群中穿过去，走到码头上，和瑞德、露西娜站在一起。洁德、洛里和拉斯蒂也在那儿。

"好了，请大家安静一下。"戴维斯主管喊道，"为什么章鱼能成为优秀的守卫？"

人群中一片安静。

"因为它们武装得很好。"

很多人翻翻白眼，摇了摇头，但也有人被逗笑了，甚至还有人喝彩："这个笑话不错！"

"相信大家都很清楚在巴哈马发生了什么。我想借此机会欢迎洁德、洛里和拉斯蒂安全回营。首先，我们必须承认他们确实很勇敢。但这是海洋夏令营的行动，光勇敢是不够的，得服从命令。这次他们的行为实在太鲁莽了。我必须指出，从错误中吸取教训，是你们在海洋夏令营里和整个人生中的必修课。让我们用热烈的掌声欢迎他们平安回来，同时也感谢他们对任务的相当执着！"

所有人都开始鼓掌，表示庆贺。洁德、拉斯蒂和洛里微笑着，不好意思地耸耸肩。

"下面我想代表海洋夏令营，衷心感谢弗雷德教练、桑切斯女士和我们的小海鞘们——特里斯坦、姗姆、休、瑞德和露西娜。"

"在这次行动之后，也许我们就能够升级了，不用再做海鞘了。"特里斯坦小声地对休说道。

"在巴哈马的行动中，他们不仅勇敢，而且娴熟地运用了自己的海洋技能，展现了聪明才智。我们十分期待他们之后的表现……"

一只大鹈鹕啄了一下戴维斯主管的腿。

"我没忘记你，亨利。让我们也用掌声感谢亨利和它所有的朋友。它们帮助我们实现了史上最有效，也是最臭的空中袭击！"

营员们开始鼓掌庆贺。这时，一群海鸥飞了过来。当它们飞到营员们头顶时，所有人都本能地蹲在地上。特里斯坦躲了一下，他希望海鸥们千万别在这时候展示它们的投弹技能。几只鹈鹕飞了过来，停在亨利身边。一小群土耳其秃鹰在营员们头顶盘旋。

露西娜把头凑近其他海鞘说："土耳其秃鹰想要我们单独为它们鼓掌，而且还在问，如果我们晚饭有肉的话，能不能分给它们一点。"

"由衷地感谢海豚、鲸鱼、鲨鱼、章鱼、螃蟹、水母以及其他与我们合作的海洋生物。"戴维斯主管补充道，"没有你们的帮助，我们的行动无法取得成功。"

两条海豚从潟湖里跳了出来，它们整齐地往前翻了几个跟头。接着，几条飞鱼从水里跳了出来，在海面上快速滑过。然后水里升起了三个巨大的黑色背鳍，它们朝码头方向游来。一开始，鲨鱼们

排成一行，但不一会儿就改变了方向，一条跟着一条。当它们经过码头时，一齐侧过身子往上看。这让特里斯坦想到了足球比赛结束后，运动员们排成一列和对手一一握手的情景。而且特里斯坦发誓，当鲨鱼们经过他身旁时，每一条都向他点了点头，就像瑞德酷酷地向其他营员点头那样，只不过这是海洋版本。

22. 大龅牙笑了

夏令营一眨眼就快结束了。特里斯坦、休、姗姆和其他海鞘每天忙于上课和训练，努力提升自己的技能。现在，特里斯坦游得更快，在海底待的时间更长了。在水下游泳时，他也基本能掌控好方向，所以很少撞上码头。特里斯坦还尽可能多地和鲨鱼、鳐鱼们交谈，并确保不激怒它们。

休终于学会了在海底变色。如果他集中精力的话，能保持颜色大约两分钟。但对休来说，在水下聚精会神可是一个大难题，因为和海洋生物待在一起还是会让他胆战心惊。

休和六只手的老杰克成了兄弟，他花了大量时间在康复中心向章鱼讨教伪装技巧，学习其他海洋生物的生活习惯以及如何与它们礼貌相处。老杰克和休还会比赛玩魔方，看谁能更快地把魔方的每

一面变成同一种颜色。但他们俩的实力相差实在太悬殊了——老杰克每次都能赢。姗姆大多数时候会和海豚们一起在潟湖里游泳，并练习用回声定位。接近夏令营尾声的时候，她已经能在一定范围内，成功地探测出体积非常小的物体。

其他海鞘也在努力地训练。瑞德整天泡在冲浪池里，练习跳跃和冲浪技巧。尽管他经历了很多次不完美的着陆，把自己摔得浑身疼，但最终他学会了利用波浪的力量跳出水面，落在沙滩上。他不停地炫耀自己的天赋，吹嘘自己的技能多么厉害，还说他在巴哈马行动中做出了巨大的贡献。虽然特里斯坦知道，瑞德说的并不是事实，但他觉得瑞德的吹嘘并不会伤害任何人，所以也就听之任之了。另外，也因为其实大部分人都知道事情的真相。露西娜爱上了制造黏液的技能，而且她经常用这项技能捉弄其他营员。她最喜欢的恶作剧是用沾满黏液的手假装帮助别人，或者趁着别人不注意时，把黏液丝滴在人家头上。尽管露西娜对土耳其秃鹰从未有过好感，海鸥们也快把她逼疯了，但她大多数时候还是会和亨利以及其他海鸟待在一起。朱莉和吉莉安也终于发现了自己的天赋。她们不仅能在海底狭小的空间里活动，还拥有出色的夜视能力。

整个夏天，弗雷德教练、桑切斯女士和戴维斯主管都在给营员们上课，他们还会给海鞘们出各种谜题、制造困难。孩子们只有在身体和精神上高度配合，才能解决。但这方面的训练进行得并不顺利，因为海鞘们无法齐心协力。他们经常在商讨解决方案时，出现

分歧。在巴哈马事件之后，海鞘们都很依赖特里斯坦的领导，姗姆和休更是时刻跟随特里斯坦的脚步——除了瑞德之外。瑞德总和特里斯坦以及其他人起冲突，对不赞同他的人更是丝毫没有耐心。露西娜偶尔还是会冲别人发脾气，但比她刚到夏令营时友善多了，而且她还学会了配合。

特里斯坦觉得，这是他有生以来度过的最美好的夏天。他和休、姗姆之间的友谊坚不可摧。他在海洋里的特殊技能也越来越纯熟，自信心也提升了不少。他甚至发现，自己在陆地上也不像以前那么笨手笨脚了。

在夏令营的最后一周，特里斯坦既紧张又难过。他的父母随时会来。他们即将知晓海洋夏令营的真相以及他在海水里拥有特殊技能。他不确定，父母是否会同意自己明年夏天继续参加训练，甚至去执行任务。另外，夏令营的结束也意味着他必须和其他海鞘说再见了，包括休和姗姆。

这次，特里斯坦的父母来到了佛罗里达群岛海洋公园，他们把特里斯坦的姐姐留在家里。在去戴维斯主管的办公室进行"谈话"之前，特里斯坦的手心在出汗，他的心脏怦怦直跳，他紧张极了。看到父母时，特里斯坦做的第一件事，就是被自己的脚绊倒在地。他们大约有三十分钟可以待在一起。他决定趁着这段时间，带父母去公园里参观自己最喜欢的地方。

特里斯坦带他们走进一栋阴暗、凉爽的建筑。其他一些营员也

带自己的父母来到这里。这周末，海洋公园不对外界游客开放——因为"不可预料的维修问题"。

"戴维斯主管要跟我们谈什么，特里斯坦？"特里斯坦的父亲问道，"你是不是做了什么事，夏令营必须通报家长？"

"哦，也可以这么说，但是好事……天大的好事。"特里斯坦微笑着回答。

他的父母似乎并不相信。

"亲爱的，哦，能见到你，实在太好了。"特里斯坦的母亲嘟囔道，"你和之前好像有点不同，可能是过了一个夏天又长高了，肯定是这样。你为什么不直接告诉我们你做了什么呢？别担心，我们不会生气的。"

"这边走，我想带你们看一些东西。"特里斯坦对他们说道。他故意加快了脚步，这样他的母亲就够不到他，不能拍他脑袋、揉他头发了。

他们走进了一条灯光昏暗的走廊，走廊两侧的墙壁是深色的假岩石，墙壁上挂着像火苗一样的蓝色的灯。他们顺着走廊走了一段，然后往右拐，稍微往上走了几步。几分钟之后，他们进入了一个大型玻璃鱼缸。鱼缸里闪着蓝光，灯火通明。但神奇的是，他们并不是站在鱼缸外面往里看，而是置身其中。

"这里是鲨鱼小巷！"特里斯坦愉快地宣布道。

特里斯坦的父母在原地转了一圈，全神贯注地听着儿子的讲

解，他们犹犹豫豫地往前走。事实上，他们在一根透明管道里。这根管子横穿了整个玻璃鱼缸。他们脚底下的走道也是全透明的，相当于他们正被几百万加仑的海水和成百上千的鱼包围着。有些鱼的体型特别大。特里斯坦觉得他的父母很不自在，特别是他的母亲。于是他拉起母亲的手，引导她走进观光通道里，一直走到通道中央才停下来。

特里斯坦转身环顾四周。"看那里，有一条护士鲨。"特里斯坦指着一条棕色的鲨鱼说道。这条鲨鱼长着四条腿，头部是方形的，眼睛的颜色很浅，嘴巴上长着两条圆润的胡须，它们在水流的作用下摇摇晃晃。"快看石头下面，鱼缸底部还有一条。"

"真好，亲爱的。"特里斯坦的母亲尴尬地说道。她紧张极了，不停地盯着自己的脚，生怕自己会掉进这个水箱里——关键还有鲨鱼在里面游来游去。

"现在游过来的这条是锤头鲨。它的脑袋像一根棒，棒子的两端长着眼睛。它们的眼睛就像汽车的后视镜一样，可以看到身后的东西。"特里斯坦对父母说道。

接着，特里斯坦指着两条巨大的鳐鱼，说道："这些是斑点鹰鳐。"它们正在玻璃通道上方优雅地游动。

两条鳐鱼螺旋下潜到通道的下方。它们的腹部是奶白色的，背部是紫色的，背上还有白色的圆点。特里斯坦注意到，有一条鳐鱼背上的圆点排列得特别整齐，除了一个地方以外。他发誓，他在那

个地方看到了一张用圆点构成的笑脸。它一定是康复中心那条。特里斯坦看着营员们的杰作，咯咯地笑了起来。

"它们太棒了，对吗？它们真的很友善。"

"哦，儿子，你说的'友善'是什么意思？它们不就是鱼吗？"他的父亲说道。

特里斯坦没有回答父亲的问题，而是向他们介绍了大鱼缸里的另外一些鱼。几条伊氏石斑鱼在鱼缸角落里徘徊。它们至少有五英尺长，身上长满了黄色和灰色的斑点，而且很胖，嘴巴特别大。特里斯坦忍不住想，如果它们把嘴完全张大的话，应该能吞掉鱼缸里的一半鱼。鱼缸里还有几群银色的杰克鱼，它们大约有一英尺长，浑身光滑，尾巴分叉，游得很快，背上长着两条赛车条纹，一黑一蓝；还有两只海龟在鱼缸里懒洋洋地散步。然而，鱼缸里最引人注目的还是鲨鱼。除了护士鲨和几条锤头鲨之外，还有四条大型沙虎鲨在水里缓慢地游来游去。其中三条的牙齿十分锋利，它们长短不一地从嘴巴里伸出来。另外一条看起来和其他沙虎鲨差不多，它朝特里斯坦和他的父母游过来，牙齿被嘴巴盖了起来。这条沙虎鲨在他们面前游来游去，但眼睛始终盯着特里斯坦。突然，它张大了嘴，笑着向他们展示自己那副洁白、整齐的尖牙。

特里斯坦的父母吓得往后退了几步，而特里斯坦却大笑不止。他在心里默想：很锋利，大龅牙，你的牙齿很锋利。特里斯坦的父母就像看疯子一样地看着自己的儿子。鲨鱼向特里斯坦点点头，然

后游走了。

"刚才……那条鲨鱼向你点了点头?"特里斯坦的父亲疑惑地问道。

"它只是跟我打了个招呼,顺便向我炫耀它的新牙齿。"特里斯坦回答道,"快,我们赶紧绕一圈。"

他们穿过了观赏通道,进入了一个昏暗的房间。房间里摆着一张工作台,台子的正前方有一扇连着鱼缸的大窗户。他们穿过这个房间,走进了另一条观赏通道。沿着这条通道就能回到大楼的入口处。当特里斯坦和他的父母出现在观赏通道时,所有的鲨鱼和鳐鱼好像一下子都被这个满脸微笑的小孩吸引了,纷纷朝他们游过来。特里斯坦的父母环顾四周,似乎很困惑,当然也很可能是因为恐惧。鱼缸里的所有生物都游到通道四周,盯着特里斯坦看。特里斯坦的父母被吓坏了,忙不迭地往出口退去。

"刚才那条鲨鱼是在朝你使眼色吗?"特里斯坦的母亲问道,"这里真是我见过的最奇怪的水族馆了。它们好像认识你似的,特里斯坦。你是不是经常来这里?"

"算是吧。"特里斯坦说道。

特里斯坦的母亲还没来得及多问,就看到儿子加快了脚步。特里斯坦带着父母走出了鲨鱼巷,往主管的办公室走去。因为谈话时间到了。

他们一到主管办公室,就看到休和休的母亲从里面走出来。休

的母亲穿着亮粉色的太阳裙，戴着亮粉色的宽边帽，连手上的手提袋、脚上的高跟鞋也都是亮粉色的。她嘴上涂着的唇膏，让特里斯坦想到了粉色的棉花糖。她的头发和休一样，都是深色的。她把头发往后扎了个马尾辫，压在帽子底下。休拉着她的手往外面走去，她看起来受到了极大的惊吓。

"一切顺利吗？"特里斯坦问道。

"是的，我妈妈只是有些吃惊，你应该明白我的意思。"休对他说道。

特里斯坦带着父母，走进了戴维斯主管的办公室。当他们转身关门时，看到休扶他母亲坐在椅子上，并为她倒了杯水。特里斯坦的父母扭过头，满腹狐疑地看看特里斯坦。

"亨特先生、亨特夫人，终于见到你们了，我实在太高兴了！"戴维斯主管隔着桌子站了起来，并和特里斯坦的父母握了握手。

"请问这次谈话的内容是什么？我希望特里斯坦没给你们带来太大的麻烦。是不是他打破了什么贵重物品？"特里斯坦的父亲说道。

戴维斯主管看看特里斯坦，又看看特里斯坦的父母："为什么不在沙发上坐坐呢？你们要喝咖啡还是水？"

"不用麻烦了，谢谢。"特里斯坦的母亲说道，"那么，这个夏天过得怎么样？特里斯坦乖吗？他上课时的表现如何？这次谈话的内容是什么？是不是发生了什么坏事？怎么……"

戴维斯主管笑着抬起一只手："等一下。特里斯坦表现得十分出色，他拥有很棒的技术，还展现出了非凡的领导潜力。"

特里斯坦的父母面面相觑，怀疑自己是不是听错了。

"您刚才是说技术和领导力吗？"特里斯坦的父亲问道。

戴维斯主管顺势向特里斯坦的父母解释了夏令营的本质以及他们在夏令营里进行的所有活动，包括上课的内容，潟湖、造浪池里的训练和海洋夏令营的特制水。然后，他对特里斯坦的父母坦白道，夏令营的宣传册并不是被偶然派发到他们家的。特里斯坦其实是被夏令营选中的。特里斯坦的父母被震惊了，他们脸上的表情和休的母亲脸上的表情简直如出一辙。

主管继续说道，特里斯坦极有潜力成为夏令营里迄今为止游泳速度最快的营员。尽管他在身体控制方面还有一些欠缺，但他一直在进步。最后，戴维斯主管告诉特里斯坦的父母，特里斯坦还能跟鲨鱼和鳐鱼沟通。一听到这句话，特里斯坦的父亲猛地摇摇头，他觉得自己一定是听错了。戴维斯主管继续解释说，如果海洋生物需要帮助或者在海洋里出现了问题，夏令营就会派资深营员前往调查。

"我知道你们一下子无法消化这些信息，你们一定有很多疑问。"戴维斯主管说道，"我很乐意替你们解答，任何时候都可以。但首先我向你们保证，营员们的安全和健康自始至终是我们考虑的首要问题。"

戴维斯主管看看特里斯坦，继续说道："营员们不会身陷险境。如果他们不愿意参与调查，也完全没关系。"

特里斯坦满脸期待地望着自己的父母。他知道，他们一定会提出各种问题，表现出极大的担忧。从他母亲嘴里随时都可能蹦出无数个词。但他的父母却只是呆呆地坐着，一言不发。过了很长时间，他的父亲终于开口了。

"我……我不知道该说什么。我想说，我们为你感到骄傲，儿子。希望你能理解我们的反应，因为我们实在太震惊了。"

特里斯坦也不知道自己想让他们说什么。他父亲说得不算太糟，也不算很好。特里斯坦扭过头，看看他的母亲。母亲脸上的表情似曾相识。他跳进鲨鱼池那天，母亲也是这种表情。"爸爸妈妈，我很喜欢这里，明年夏天我还想再来。我很擅长游泳，还能跟鲨鱼、鳐鱼交流。这是我人生中第一次发现自己擅长做某件事。我还想去参加拯救海洋生物、保护海洋的行动。"他看着主管，又补充道，"当然是在我准备好的时候。"

"我们现在没办法消化这些信息，儿子。"他的父亲说道，"我们得好好考虑一下。这是不是意味着他这辈子都将拥有这些技能？"

"不，很可能不是。"戴维斯主管说道，"当孩子长到十八岁时，他们的技能会慢慢减弱或者完全消失。我们觉得这跟体内荷尔蒙的变化有关。我想再强调一下，无论任何时候，我都很乐意和你们探讨，回答你们的疑问。"

主管把他们送到门口，并对他们说，他非常期待午后能在波塞冬剧院再次见到他们。

"等等。"特里斯坦对他的父母说道，"我去去就回。"

特里斯坦回到主管的办公室门口，敲了敲门。

"进来。"

"对不起，主管，我一直想问，马文先生那边有关于沉船的新消息吗？我现在是否能把金币拿给我爸妈看？"

"关于金币的事，恐怕还得再瞒一段时间。你知道，在过去几周里，他们已经找到了一些零散的金币和其他手工艺品。今天早上，他们又找到几根被石灰石裹得严严实实的大横梁，还有类似青铜炮的物品。我觉得他们应该很快就能找到沉船。"

"那太好了。"

"是的。特里斯坦，对你的感激之情，我实在无以言表。找到沉船后，我们就不需要再依靠那些难搞的合作伙伴了，如果能这么称呼他们的话。"

"那是不是就意味着，那位女士没办法再让夏令营关停，夏令营能继续办下去了？"

"非常正确——希望是这样。赶紧回到父母身边去吧，我相信他们一定有很多话想问你。"

"谢谢您为我们所做的一切，主管。这是我度过的最棒的夏天！"

"不，应该谢谢你才是，特里斯坦。"

在接下去的时间里，特里斯坦一直陪在父母身边。他带他们参观了海洋公园里的其他地方，向他们解释了手蹼和脚蹼如何让自己游得更快。他唯一不愿多提的，便是在巴哈马发生的真实情况。整整一天，特里斯坦只摔倒了两次。当特里斯坦因为摔倒哈哈大笑时，他的父母和往常一样摇摇头，不同的是脸上却挂着笑容。

特里斯坦带着父母到了波塞冬剧院，和休、姗姆以及他们的母亲坐在一起。姗姆的母亲正在和旁人聊天，气氛很愉快。她和女儿一样，长着一副邻家女孩的模样，蓝灰色的眼睛闪闪发亮，看起来似乎非常热爱户外运动，简直就是姗姆成年后的样子。可休的母亲好像还很恍惚。

特里斯坦向他们打了声招呼，并为自己的父母一一作了介绍。他转过头对姗姆说："你爸爸呢？"

"他不愿意来。"姗姆难过地说道，"但我妈妈知道夏令营的真相后，非常开心。她说我爸爸总有一天会理解的。特别是当他看到我从夏令营回去之后，不再因为他是渔民而认为他是坏人，并且仇视他。"

"你父母听完所有的事情后，是什么反应？"休问特里斯坦。

"还不错，我想。我们在公园里玩得很开心。不过，他们应该还没完全缓过来。"

"不跟你开玩笑，"休说道，"我妈差点晕过去——就差倒在主

管身上。"

鼓声响起，节目正式开始。弗雷德教练走上舞台，欢迎家长们的到来。他穿着镶珠片的迷彩演出服，浑身闪闪发亮。大营员们为观众带来了一场精彩的表演，比海鞘们刚入营那天晚上看到的节目还要丰富。他们展示了自己的海洋技能，包括游泳、跳跃、潜水和伪装。然后，戴维斯主管、桑切斯女士和乔丹医生也出现在舞台上。夏令营的管理层对年龄最大的营员们表示了感谢，并向他们告别，因为明年夏天他们不会再回来了。接着，管理层向大家介绍了所有的新营员，赞扬新营员们技术纯熟，感谢他们在这个夏天里做出的贡献。每一个海鞘都收到了一件深蓝色的 T 恤衫，T 恤衫正面有鲨鱼和波浪的标志。背后写着"鲷鱼"。突然，波塞冬剧院里闪起一道蓝色的光芒，同时还伴随着慢节奏的嗡嗡声。意外的光线和噪声打断了戴维斯主管的讲话，他当时正在鼓励新营员们第二年继续参加夏令营。

他看看弗雷德教练，又回头看看观众们："突发紧急事件，我得赶紧走了。谢谢大家，随时联系，晚安。"

演出结束后，家长们和剩下的管理层人员握握手，然后就去吃晚饭或者回酒店过夜了。营员们可以继续待在公园里。这是他们在这个夏天里，最后一次在海螺咖啡厅吃饭，最后一次在海滨小屋里睡觉。

海鞘们现在已经升级为鲷鱼。他们坐在一起吃晚饭，共同回忆

着这个夏天里的点点滴滴，当然也不可避免地谈到了他们在巴哈马的历险。晚饭后，特里斯坦、姗姆和休走到潟湖，在码头上坐了下来。

"在上学期间，我们可以通过短信、邮件联系。"休建议道。

"对，好的。"特里斯坦说道，"虽然我很想一直待在这里。"

"你父母同意你明年夏天再回来吗？"姗姆担忧地问道，"我妈妈说，她要先跟我爸爸商量商量。"

"他们没有直接答应。但我觉得他们肯定会同意的。"特里斯坦对姗姆说道，"我们来定个协议吧。我们的任务是让父母同意我们明年夏天再回夏令营，好吗？"

"赞成！"姗姆说道。

"赞成。"休也说道。

天色渐渐晚了，三个孩子也都困了，于是他们朝海鞘小屋走去。特里斯坦紧跟在两个新朋友身后。就在两个月之前，休和姗姆对他而言，还完全是陌生人，这简直让他难以置信。因为他觉得他们成为彼此最好的朋友已经很久了。来夏令营之前，特里斯坦从未拥有过像姗姆和休这样的好朋友。他不知道为什么，但现在似乎一切都不同了。当然，是因为他现在一到海里，就会长出手蹼和脚蹼，还能跟鲨鱼和鳐鱼对话。这太酷了，但原因绝不仅限于此。现在，当他摔倒时，不会再像以前一样，尴尬得无地自容。他已经接受了这个事实，也就是自己在陆地上确实很笨拙——这一点无法避

免，但在海洋里则完全不同。如果现在他姐姐或者学校里的同学再取笑他的话，他也不在乎了。他不像运动员一样擅长体育运动，也不像那些聪明的孩子，每次考试都能得优，但他也有自己的特长。他只是和别的孩子不一样而已。他的爸爸好像也为他感到骄傲。然后，特里斯坦突然明白了真正的原因。他为自己感到自豪，为他在这个夏天里所做的一切感到自豪。也许这才是最重要的。

他跑上前去，追赶姗姆和休的脚步。当特里斯坦跑到他们身边时，假装绊了一跤，但他没有摔倒在地上，而是扭了扭身子，对他们说道："跟你们开个玩笑而已。"

战情室里，除了一块亮着的屏幕外，一片漆黑。屏幕上显示了李司德金岛四周的地形，上面还有一些红色的点。其中一个点位于"海洋之舌"，海水深度大约为七百英尺。在流沙区，也有几个蓝色的点正在一闪一闪。

"我们听到警报了。怎么了，弗拉什？"戴维斯主管问道。他从波塞冬剧院一路小跑过来，已经累得上气不接下气。

"有几件事想向您汇报，主管。情况不妙——准确地说，大部分都是坏消息。"

"赶紧说。"

"根据我搜集到的情报显示，瑞克顿已经找到了沉没的游艇，他还对我们在流沙区进行的活动产生了怀疑。"

"那好消息呢？"

"马文先生打电话来说，他们已经找到了'圣风号'。"

"这可是天大的好消息！"

"是的，先生。但还有别的坏消息。"

话音未落，弗拉什面前的另一块屏幕亮了起来。一开始，屏幕上滚动着一串电脑代码，然后突然变成了一片空白，开始重复播放一段动画。一条卡通鲨鱼追着一个小孩跑，它的嘴里长满了锋利的牙齿，不停地张开、闭合。动画下面有一个闪烁的文字框，里面写着"检测到入侵者"。

"怎么了？"戴维斯主管问道。

"这就是我打算告诉你的另一件坏事。有人试图侵入我们的系统，长官。"

"什么？他成功了吗？"

"没有，长官。他们想绕过我侵入我们的系统，可没那么容易。而且我已经追踪到他们的地址，好像是拉斯维加斯的一个赌场。"

"拉斯维加斯的赌场？"

弗拉什在键盘上按了几下，屏幕上出现了一张赌场的正面照。赌场被设计成了海盗窝，里面的装饰相当奢华、精致。正门入口处有一块标志，标志上写着"海盗"。而在这两个字下面则是一个巨大的红色字母"R"。

作者寄语

尽管小说中出现的所有人物都是虚构的，情节也是编造的，但在这个奇思妙想的故事中，有很多元素来源于我的个人经历和真实的科学知识。

作为一名海洋科学家，我经历过多次精彩的海洋历险，并在海洋里度过了大量时间。要是我也能像海洋夏令营的营员们一样，拥有特异功能就好了！书中关于特异功能的部分，完全是我臆想出来的，但其他部分不完全是。比如，在巴哈马的李司德金岛上，确实有过一个海洋实验室。而且我对实验室及其周围的环境十分熟悉，因为我在那里短暂地当过主管。那时候，我生活在岛上，时不时地驾着小船出去，探索当地的海洋奇迹。朋友们常跟我开玩笑，说我是岛上的独裁者，因为那里确实什么都没有——但我发誓，我绝对

是一个善良的独裁者。我们去彩虹花园礁潜水，去附近的岛上爬岩洞——它们实在让人拍案称奇，还会朝着在海底翻滚的鲕粒沙浪游过去。顺便提一下，实际上鲕粒比书中描述得还要酷。沙浪是由闪闪发亮的白色石灰石颗粒组成的。跳进沙浪，让膝盖以下的部位全部陷进柔软的沙子里，绝对是让人永生难忘的记忆（实际上，沙浪和流沙完全不同）。巴哈马是现今世界上少数几个还存在叠层岩的地方。是的，在海底的确存在着棕褐色的高大的柱子。不过，我在书中略微夸大了它们的真实高度。曾经，科学家们普遍认为，叠层岩是海藻一层层覆盖之后，被沙子封存形成的。但最近有研究显示，海藻并不是叠层岩的建造者，蓝藻细菌才是。在叠层岩之间穿梭或者深潜到叠层岩底部，感觉就像在一座古老的海底石庙里漫步。

书中描述了海洋生物拥有令人称奇的特殊技能，这部分也完全是真实的。当盲鳗受到威胁或者受伤时，会分泌出大量黏液。它们长得很像鳗鱼，但事实上和鳗鱼只是远亲而已。鹦嘴鱼生活在热带地区，它们啃咬礁石上的海藻作为食物，同时排出大量粪便，形成沉淀物。它们的融合牙长得很像鹦鹉的嘴（但对我来说，更像是龅牙），所以它们就有了鹦嘴鱼这个名字。章鱼是非常聪明的生物，它们目光敏锐，身体柔软，是世界上能最快地伪装自己的生物。海星的断臂能重生。扇贝游泳时，会一跃而起，疯狂地扇动自己的壳。另外，巴哈马的安德鲁斯岛的东面确实存在着世界上最长的堡礁之一。

很多海洋生物会发光，这种现象被称为"生物体发光"。有一天晚上，我在佛罗里达群岛的码头上，亲眼观看了一场海洋灯光秀。一些发光的蠕虫在水里扭动，螺旋上升。它们一到水面上，就释放出耀眼的蘑菇云。饥饿的鱼群被光线吸引了，会游过来疯狂地吞食发光的蠕虫，参与这场精彩绝伦的表演。我在书中提到了梭鱼、刺尾鱼和飞鱼，但你们是否也找到了有关斑点管口鱼、引金鱼和硬鳞鱼的描述？虽然海藻中并不存在某种已知物质，能帮助人类长出手蹼和脚蹼（这是我幻想出来的），但科学家们利用从海洋生物中提取出来的合成物开发新药，用于改善人类健康。

书中有一小部分内容非常令人不快，但很不幸，它们也是真实存在的。不法分子为了割鲨鱼鳍，每年在全世界范围内，残忍地杀害几百万头鲨鱼。他们为了寻找沉船遗骸，故意炸毁河床，还会用炸药和漂白剂捕鱼。他们严重危害了海洋和海洋生物的安全。为了保护我们的未来，保护珍贵的海洋资源，我们必须携手合作，共同阻止这些毁灭性的活动。

在这本书的创作过程中，我体会到了无比的快乐。希望你们在阅读时，也能拥有同样的体验。让我们一起期待特里斯坦·亨特和海洋卫士们的下一次历险。如果大家想对系列丛书、对我、对书中的海洋生物和科学知识有更多了解的话，请点击 www. tristan-hunt. com。欢迎大家在我的故事里畅游。最后，祝大家阅读愉快。

浙江省版权局
著作权合同登记章
图字：11－2018－533号

责任编辑：裘禾峰
装帧设计：巢倩慧
责任校对：朱晓波
责任印制：汪立峰
封面绘画：李广宇

图书在版编目（CIP）数据

海洋卫士亨特.1，狂鲨私语：影像青少版／（美）艾伦·普拉格（Ellen Prager）著；应超敏译. —杭州：浙江摄影出版社，2019.2

（世界新经典动物小说馆）

ISBN 978-7-5514-2415-8

Ⅰ.①海… Ⅱ.①艾… ②应… Ⅲ.①儿童小说—长篇小说—美国—现代 Ⅳ.①I712.84

中国版本图书馆CIP数据核字（2018）第280032号

世界新经典动物小说馆

HAIYANG WEISHI HENGTE 1 KUANGSHA-SIYU（YINGXIANG QINGSHAO BAN）

海洋卫士亨特1：狂鲨私语（影像青少版）

［美］艾伦·普拉格（Ellen Prager）／著　　应超敏／译

全国百佳图书出版单位
浙江摄影出版社出版发行
　　地址：杭州市体育场路347号
　　邮编：310006
　　网址：www.photo.zjcb.com
经销：全国新华书店
制版：浙江新华图文制作有限公司
印刷：杭州广育多莉印刷有限公司
开本：880mm×1230mm　1/32
印张：8.5
插页：8
2019年2月第1版　　2019年2月第1次印刷
ISBN 978-7-5514-2415-8
定价：29.00元